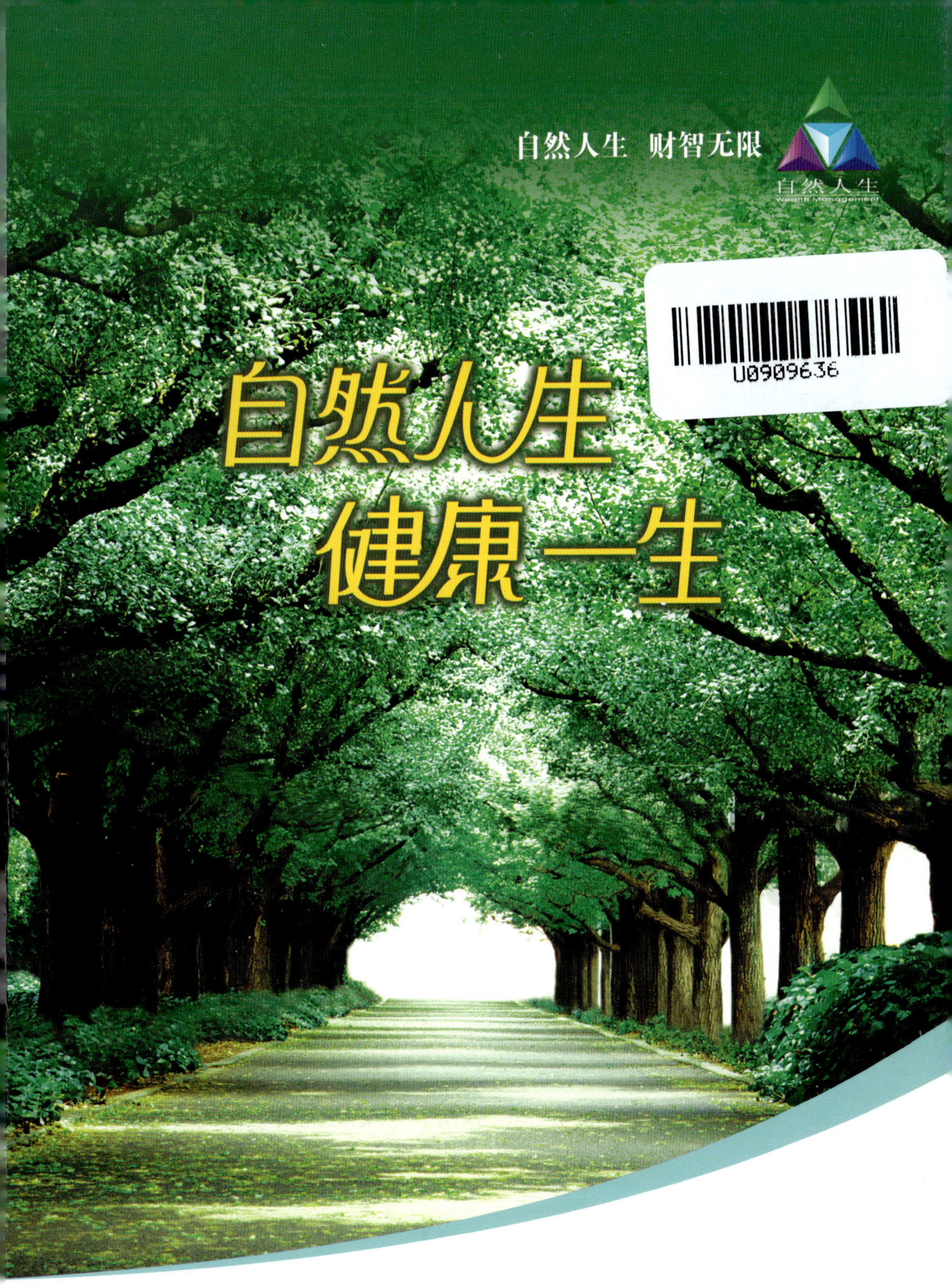

穆 羽/编著

一杯清茶五千年，穿越时空的醇香

中国格调和品位的象征

中国画报出版社

茶：古典中国的品位和格调

如同诗歌、丝绸、陶瓷一样，茶记录了中国古代文人士大夫的品位。显然，与前几种相比，茶具有更强的生命力，所以它不仅超出了中国的范围，还漂洋过海，深刻影响了世界的政治格局：如果没有茶叶对欧洲尤其是英国的出超，可能就不会发生鸦片战争。

其实中国古人和现代西方人一样，特别强调个人的品位和格调，以此作为自我认知和群体认同的基础，我们可以从残存下来的文化遗存中见证中国古人的衣着服饰、言谈举止、思想境界和嗜好方面的品位和格调，陆羽的《茶经》更是这方面的传世之作。可惜的是，当代人的品位和格调几乎荡然无存，这诚然与文化的自卑主义有关，也与中国自身的实力有关。在宋明以前，中国无论军事还是经济都是世界最强大的国家，体现在文化上，他们也刻意形成自己的品位和格调，并对此相当自信。

现在的中国人都向西方寻找品位和格调，向西方寻找奢侈品。事实上，在500年前甚至更早以前，中国人就已经形成了世界级的品位和格调，梳理这套体系并不困难，困难的是克服文化上的自卑主义。

中国人对茶叶、茶具、茶器、茶水的选择，都非常精致和苛刻，甚至对采茶、煮茶也非常关注其细节。8世纪下半叶，值中唐时期，煎茶茶艺完备，以茶修道思想确立，茶叶就从形式和内涵上成为古代中国品位和格调的象征。

一杯清茶五千年，穿越时空的醇香

目录

古典中国的品位和格调

品位 王朝格调

品茶
贵族情怀

穿越时空的醇香——绿茶 / 42

下午茶的优雅——红茶 / 64

目录

品位
王朝格调

◎一杯清茶五千年

◎茶：时尚的符号，文化的高峰

◎帝国的光影

◎日本茶道的起源

◎16~18世纪：真正的奢侈品

◎美茶美器

一杯清茶五千年

一杯清茶，意味深长，淡淡幽香中，挥之不去的是那留存于历史深处的芬芳记忆。中国人喝茶的历史也许可以追溯到神农尝百草的年代，茶文化就是中国文化和人文精神的浓缩和象征。品茶，或许品的不只是茶，更是这五千年耐人寻味的悠长岁月……

世界三大无酒精饮料——茶、咖啡、可可三足鼎立。但就艺术成就来说，茶显然要超出咖啡以及可可。茶远比后两者更深地嵌入到人们的艺术活动中。我国古代的艺术家很早就与茶结下了不解之缘。他们发现了茶的物质与精神的双重属性，从而找到了与茶的天然契合点。茶不仅可以激发他们的文思画意，也是他们的精神寄托。通过喝茶，他们得到了一种生理和精神上的愉悦，他们饮茶、爱茶、识茶，在他们的艺术创作中，茶是沟通天地万物的媒介，也是托物言志的方式。

“为名忙，为利忙，忙里偷闲，饮杯茶去；劳心苦，劳力苦，苦中寻乐，拿壶酒来。”这副对联写出了他们喝茶的境界。清闲时，与几个知己，点一炷檀香，烹煮香茗，指点江山，轻松自在。对某些人来说，这恐怕是生活的最佳状态。

茶的盛行，最有功绩的当推陆羽，这位茶圣以及他的著作《茶经》把茶推到了修身养性的高度，致使茶叶在唐朝中期空前畅销，到最后朝廷竟要征收茶税。白居易在《琵琶行》中有“商人重利轻别离，前月浮梁买茶去”的感叹；《元和郡县图志》也有“浮梁每岁出茶七百万驮，税十五余万贯”的记载，可见饮茶之风的盛行。正如现在的美国风尚在世界范围会受到追捧一样，当时唐朝的帝国盛世在世界范围内推动了茶叶的流行，日本就是在此时引进了中国的茶籽，最后形成了独到的日本茶道。

茶：时尚的符号，文化的高峰

随着中国文人士大夫的参与，茶叶不仅成了时尚的符号，也被推上了文化的高峰。宋徽宗以帝王之尊，曾亲自碾茶、点茶、赐茶。煎茶、点茶一直是件很风雅、很具诱惑力的事情。

据《茶经》记载，“茶之为饮，发乎神农氏，闻于鲁周公”。茶叶从发现到应用，经历了一段漫长的岁月。从最初的药用，到现在的细品慢尝，也经过了漫长的历史时期。随着中国文人士大夫的参与，茶叶不仅成了时尚的符号，也被推上了文化的高峰。中国封建王朝的顶峰是宋朝而不是唐朝。宋朝是中国社会市民阶级正式产生的年代，大批的手工业者、商人、小业主构成了宋朝的中产阶级。他们经济富足，又有自己独立的价值追求。市民的富裕闲暇的生活，及审美趣味和生活情趣促成了宋朝文化的高度繁荣，绘画、陶瓷、音乐、诗歌、小说、戏曲等都在宋代高度繁荣发展。宋词继唐诗之后成为中华文明的又一彪炳史册的文学载体；五大名窑——定、均、官、哥、汝窑均出自于宋，其制作工艺之精美成为历代追捧且不能企及的高度。丹青笔墨也由于宋徽宗身体力行的参与而空前繁荣，工笔画派达到惟妙惟肖的高度。作为雅致代表的茶，“龙凤团茶”这一工序烦琐、制作精细的宋代皇家贡茶成为后来明代开国皇帝朱元璋所痛批的弊政之一，随后有明朝“罢造龙团，惟采芽茶以进”的指令，也奠定了今人以沏泡散茶为主的重要形式。

那么，宋人是如何品茶的呢？宋代隐士林逋在《煎茶》中写道：“石碾轻飞瑟瑟尘，乳香烹出建溪春。世间绝品人难识，闲对《茶经》忆古人。”这描绘的是宋代兴盛的点茶法。其间许多工笔画作，如故宫收藏的《撵茶图》、《斗茶图》、《茗园赌市图》、《博古图》等，细致描绘了宋代点茶的具体经过。所谓点茶法，是指茶饼经炙烤、碾磨成末后，投入茶盏调膏，然后以沸汤点注的一种饮茶方法，与唐代煎茶法有很大区别。在品茶之时，文人们还往往伴有作词、绘画、欣赏古物等活动。这一风气在宋代很流行，形成了宋代独特的茶文化现象。宋徽宗以帝王之尊，曾亲自碾茶、点茶、赐茶。煎茶、点茶一直是件很风雅、很具诱惑力的事情。

其实，茶的好坏并不在于烦琐的工序、精美的器具，而在于是否顺口。当然，品茶自有其韵味，水以及茶具的追求都相当之高。雪水烹茶是比较让人赏心悦目的，当然以现在空气污染的程度，雪水未必干净，但在古代，洁白一片的雪总会更加吸引文人骚客。茶具的选取也多有讲究，比如唐代的茶碗崇尚青色（因为茶汤偏红），宋代的茶碗崇尚黑色（因为茶汤偏白），明代的茶碗崇尚白色（因为茶汤是黄白色），清朝以后，人们对茶具的种类与色泽，质地与式样等的要求更为苛刻。现在常用紫砂壶，大概机器做的居多，人工制作的更加昂贵，据说有一造壶的老师傅身家已过千万，他亲手做的壶每只以万来计量。他有一个习惯，喜欢将其以前制作的壶回收然后一一摔碎——为了更好地提升自己茶壶的价值。

茶是悠闲的代名词，空闲时细细品茶确实别有韵味。对日益繁忙的现代人来说，偶尔在家中或者茶室品茶一杯，也不愧为人生一件乐事。

帝国的光影

中国是世界上种茶、制茶、饮茶最早的国家。世界上其他国家的饮茶、种茶习俗都是直接或间接由中国传过去的。据《华阳国志》载：约公元前一千年周武王伐纣时，巴蜀一带已用所产的茶叶作为“纳贡”珍品。这是茶作为贡品的最早记述。历经魏晋、唐、宋、明、清几代的发展，茶已成为中华的国饮。

巴蜀：茶文化的发源地

茶的饮用习俗起源于中国西南地区的古巴蜀一带，明末清初顾炎武在《日知录》中写道："自秦人取蜀后，始知有茗饮之事。" 秦始皇统一中国后，曾把俘虏迁到巴蜀，中原先进的生产技术和文化传播到巴蜀一带，巴蜀的茶及饮茶的文化也向中原传播。茶有不同的名称，并且大多数来源于古巴蜀地区的方言，唐玄宗时官修《开元文字音义》，"茶"才正式定名。

西汉时期王褒的《僮约》可以印证当时饮茶活动在巴蜀一带非常盛行。王褒，汉宣帝时为谏议大夫，公元前59年，他从成都一个寡妇那里买下家奴便了。《僮约》规定了家奴便了应做的劳役，其中就包括"烹茶尽具"和"武阳买茶"。由此可见，汉代四川一带不仅已开始饮茶，而且出现了"武阳"一类买卖茶叶的市场。当时，成都不但已成为我国茶叶的一个消费中心，由后来的文献记载看，很可能也已成为最早的茶叶集散中心。秦汉乃至西晋，巴蜀仍是我国茶叶生产和制作的重要中心。

魏晋：上层社会崇茶之风盛行

秦汉之际饮茶活动主要还是集中在古巴蜀一带。到了魏晋南北朝时期，北方豪门过江侨居，建康（南京）成为我国南方的政治中心。这一时期，豪门士族在政治上享有特权，他们或者出于养生的目的而经常饮茶。由于上层社会崇茶之风盛行，使得南方尤其是江东饮茶和茶叶文化有了较大的发展，也进一步促进了我国茶业向东南推进。我国东南植茶，由浙西进而扩展到了现今温州、宁波沿海一带。据《桐君录》记载，“西阳、武昌、晋陵皆出好茗”，晋陵即常州，其茶出宜兴。这表明东晋和南朝时，长江下游宜兴一带的茶业，也比较著名。

这一时期反映制茶与饮茶的著作主要有三国魏张揖的《广雅》和西晋杜育的《荈赋》。张揖的《广雅》中提到茶叶的制法：先把茶叶采下来捣碎做成茶饼，如果采的茶叶老，需要先加些米膏，再将茶饼拿到火上烤成赤色，用石臼捣成茶末放在瓷碗中，以水浇注茶末。这种制茶法一直流传到唐代。

唐代：不得一日无茶也

六朝以前，茶叶的主要市场和消费者都在南方，北方饮者还不多。唐朝中期后，中原和西北少数民族地区，也都嗜茶成俗，如《膳夫经手录》所载："今关西、山东，闾阎村落皆吃之，累日不食犹得，不得一日无茶。"

随着茶叶生产和贸易的发展，茶在经济中的地位日益重要，贡茶、税茶、以茶销边、茶马互市等都是在唐时确立的。茶税成为仅次于盐税、铁税的重要财政来源。由《茶经》和唐代其他文献记载来看，这时期茶叶产区已遍及今之四川、陕西、湖北、云南、广西、贵州、湖南、广东、福建、江西、浙江、江苏、安徽、河南等十四个省区，几乎达到了与我国近代茶区相当的局面。

唐代的贡茶制度逐渐完善，主要有两种形式：一是土贡，即地方官员选送优质土产茶叶敬献给统治者；二是贡焙，即最高统治者派官员在某地督造生产的贡茶，其中最有代表性的就是湖州长兴顾渚山生产的顾渚紫笋。通过贡茶，宫廷里集中了大量的茶叶，这些茶叶首先用于祭祀，其次是宫中上层自用，其余的就是分赐近臣或者番邦使节等。

赐茶是宫廷茶礼的重要组成部分，皇帝通过赐茶来笼络人心，比如柳宗元、白居易等都得到过赐茶。

宋代：精致与世俗并存

宋代茶的品饮更为精致，而茶馆、茶肆的数量也比唐代大幅增加。

从五代和宋朝初年起，全国气候由暖转寒，当时的平均气温比唐代低2℃~3℃，而茶树是喜温植物，这使得中国南方南部的茶业迅速发展起来，并逐渐取代长江中下游茶区，成为宋朝茶业的重心，主要表现在贡茶从顾渚紫笋改为福建建安茶，欧阳修说，"建安三千里，京师三月尝新茶"。

宋代饮茶与唐代不同，改煮茶为点茶，所以有"唐煮宋点"的说法。

宋徽宗赵佶所著《大观茶论》提到的点茶法流行于贵族与士大夫阶层之间，要求极高，在点茶的过程中有七次加水的动作，谓之“七汤”。这一时期的茶馆相当发达，在临安，茶馆甚至分成了几类：有适合富家公子的，“大街有三五家开茶肆，楼上专安着妓女，名曰花茶坊……”；有适合文人士大夫的，“张卖面店隔壁黄尖嘴蹴球茶坊，又中瓦内王妈妈茶肆……皆士大夫期朋约友会聚之处”；此外还有固定的茶摊，是比较简陋的卖茶水小铺，供行人歇脚解渴，另还有流行的茶摊，《梦粱录》所说的“车担设浮铺”，就是这种茶摊。

宋代的茶叶主要分两大类：一类是饼茶，一类是草茶。草茶就是将采下的茶叶蒸青后以芽茶的形式焙干。当时，出现了一大批比较有名的茶，比如瀑岭仙茶、五龙茶、大昆茶、小昆茶、双井茶等。宋代文学家黄庭坚特别喜欢双井茶，并且向朋友极力推荐。

明代：散茶返璞归真

明朝散茶取代饼茶成为茶类的主流，这是因为当时的饼茶添加麝香、龙脑等香料，茶的原味已失，所以散茶才有机会取代饼茶。散茶分为炒青、蒸青和晒青。其加工工艺的理念、流程与现代没有多大区别。明朝时已有绿茶、黑茶、花茶、黄茶等种类，此外还有奶茶、玉磨茶、枸杞茶等。

清代：从皇帝到贩夫走卒的至爱

清代的茶树栽培、茶叶加工技术更加完善，茶区面积扩大，产量提高，绿茶、白茶、红茶、黄茶、青茶、黑茶六大茶类全部形成。清代历代皇帝喜茶，宫廷饮茶之风盛行。在民间，茶馆更加普遍。据记载，当时的杭州有茶馆800多家，茶馆生意红火，佐茶的点心有酱干、瓜子、春卷等。当时的茶馆还引入了戏曲。京剧大师梅兰芳在《舞台生活四十年》里写道："最早的戏馆统称茶园，是朋友聚会喝茶谈话的地方，看戏不过是附带性质"；"戏馆不卖门票，只收茶钱，听戏的刚进馆子，看座的就忙着过来招呼了，先替他找好座儿，再顺手给他铺上一个蓝布垫子，很快地沏来一壶香片茶，最后才递给他一张也不过两个火柴盒这么大的薄黄字条，这就是那时的戏单"。从这里可以看到清代茶馆与戏曲的巧妙结合，显示了当时茶馆的世俗性。

日本茶道的起源

距今1200年前，从日本到中国的留学僧回国后，日本的茶文化就开始了。但是，在当时，只有僧侣和贵族等一些身份比较高的人才能喝茶。15世纪，名僧村田珠光首先创立茶道概念，16世纪，武野绍鸥对村田珠光的茶道进行了补充和完善，真正把茶道和饮茶提高到艺术水平上的则是日本战国时代的千利休。

公元7世纪以前，朝鲜半岛上的大批新罗僧人为求佛法来到中国，而后回国传教。他们把中国的茶叶、茶具及饮茶方法带回新罗。一般认为，在唐太宗后期，新罗使节金大廉将中国茶籽种在智异山下的双溪寺，朝鲜从此开始种植茶叶的历史。高丽时代金富轼《三国史记·新罗本纪》载：“茶自善德王有之。”善德女王632~647年在位。宋代茶道的主流形式发生变化后，新罗也开始学习宋代的点茶法。

日本文献《奥仪抄》记载，日本天平元年（唐玄宗开元十七年，729年）四月，朝廷召集百僧到禁廷讲《大般若经》时，曾有赐茶之事，则日本人饮茶始于8世纪前期。

据《日吉神道密记》记载，805年，从中国学佛归来的最澄和尚带回了茶籽，种在了日吉神社的旁边，成为日本最古老的茶园。次年，最澄与空海又从中国带回了石臼和蒸、捣、焙等制茶工具。

南宋时期，日本荣西禅师两次来华学佛。回国时他带回茶籽，在他登陆的第一站——九州平户岛上的富春院，撒下茶籽，并且种植成功。他还将唐代中国人使用的末茶制作方法、煮制方法一并带入日本。荣西还用汉文编写了日本历史上第一部茶书《吃茶养生记》。这本书对日本饮茶之风，起到了很大的促进作用，荣西也被尊为日本的茶祖。日本接受中国茶文化，结合日本固有的文化艺术，在16世纪初，形成了日本独特的“茶道”，流传至今。诚如日本著名大师学者冈仓天心所说：“佛教中，大量吸收道教教义的南宗禅，创造了用心良苦的茶的仪式……正是这个禅宗仪式终于在15世纪发展成为日本的茶道。”最后他直接说道：“茶道是道教的化身。”

16~18世纪：真正的奢侈品

茶叶长期以来仅在东亚地区流传，是因为茶叶怕潮，而当时的造船技术又不够成熟，无法建造防水的密隔舱，直到欧洲人航海、造船技术有了突破，茶叶才开始运到欧洲。1557年葡萄牙侵占澳门后，开始将茶叶带回国。1610年荷兰东印度公司将从中国买的茶叶运载回国，正式开始为欧洲引进大批的茶叶。

茶叶通过“海上丝绸之路”向东南亚诸国传播。宋、元期间，我国对外贸易的港口增加到八九处，这时的陶瓷和茶叶已成为我国的主要出口商品。明朝政府采取积极的对外政策，曾七次派遣郑和下西洋，他游遍东南亚、阿拉伯半岛，直达非洲东岸，加强了与这些地区的经济与贸易联系，使茶叶输

出量大量增加。现在，全世界五大洲有50多个国家种植茶，有120多个国家的20亿人有饮茶习惯。世界各国的种茶和饮茶习俗，最早都是直接或间接从中国传播去的。茶和瓷器、丝绸都是中国人民对全世界的伟大贡献。茶叶传到欧美以后，被认为“无疑是东方赐予西方的最好礼物”，“欧洲若无茶与咖啡之传入，饮酒必定更加无度”，“茶给人类的好处无法估计”，“我确信茶是人类的救世主之一”，“茶是伟大的慰藉品”。

1517年，葡萄牙海员从中国带去茶叶，饮茶开始在欧洲传播。1607年，荷兰海船从爪哇来我国澳门贩茶转运欧洲，这是我国茶叶直接销往欧洲的最早记录。此后，茶叶成为荷兰人最时髦的饮料。1610年，荷兰直接从中国贩运茶叶，转销欧洲。1618年，明使携带茶叶两箱历经18个月赠给俄皇。1631年，英国一个名叫威忒的船长专程率船队东行，首次从中国直接运去大量茶叶。

18世纪，饮茶之风已经吹遍整个欧洲。欧洲殖民者又将饮茶习俗传入美洲的美国、加拿大以及大洋洲的澳大利亚等英、法殖民地，当茶叶最初传到欧洲时，价格昂贵，荷兰人和英国人都将其视为“贡品”和奢侈品。后来，随着输入量的不断增加，茶叶的价格才逐渐降下来，茶遂成为民间的日常饮料。此后，英国人成了世界上最大的茶客。

茶叶在英国的地位是得天独厚的。英国王室饮茶始终如一，不为其他饮料所动摇，而英国王室对民间世风的影响至今依然很大。在这样一个讲究传统、重视教养和绅士风度的国家，人们认为只有饮茶才能表现风度。

美茶美器

茶叶在中国有着悠久的历史，因此茶具历史也十分悠久。唐代时，以陶瓷茶具为主，同时贵族、富家也出现了金、银、铜、锡等金属茶具。宋代“斗茶”用的茶具，以黑釉盏为主。元代时青白釉茶具较多。明清茶具讲究精工细作，注重装饰，茶具上的文化气息愈来愈浓厚。

美食不如美器

茶具是与我国茶文化相生相伴的一个重要组成部分，如果说饮茶的习俗是中国茶文化的非物质载体，那么茶具就是中国茶文化的物质载体。从茶具上，不仅可以看出中国古代手工艺的变迁，还可以看出中国人尤其是文人士大夫阶层的情怀。相对的，“茶之具”，也就是茶农常用的采茶、制茶工具，并没有这种鲜明的色彩。

陆羽在《茶经》里介绍了唐代一些常用的茶具，包括8大类、28种。其中有生火用具5种，煮茶用具2种，制茶用具6种，水具5种，盐具2种，饮茶用具2种，清洁用具3种，藏陈用具3种。

这些器具不仅有实用价值，还有观赏价值，式样古朴典雅而不失情趣，从某种程度上反映了唐代的审美取向。

当时的茶碗崇尚青色，因为当时饼茶汤色多为淡红，以青瓷映衬，非常好看，所以陆羽说：“青则益茶。”

宋代饮茶习惯逐渐由煎煮改为“点注”，团茶研碎经“点注”后，茶汤色泽接近于白色，蔡襄在《茶录》中写道：“茶色白，宜黑盏。”黑釉茶盏可以反衬出茶汤的色泽。

明朝人们改饮散茶。茶汤已由宋代的白色变为黄白色。张源在《茶录》中写道：“茶瓯以白磁为上，蓝者次之。”明代中期以后，瓷器茶壶和紫砂茶具兴起，茶汤与茶具色泽不再有直接的对比与衬托关系。人们饮茶的注意力转移到茶汤上，对茶叶色、香、味、形的要求，主要侧重在“香”和“味”。

清代以后，茶具品种增多，色彩多样，而茶叶的分类，又使人们对茶具的种类与色泽、质地与式样等，提出了新的要求。

茶具对茶汤的影响

茶具对茶汤的影响主要在两个方面：一是茶具的颜色对茶汤色泽的衬托。陆羽《茶经》推崇青瓷，“青则益茶”，即青瓷茶具可使茶汤呈绿色（当时茶色偏红）。随着制茶工艺和茶树种植技术的发展，茶的颜色发生变化，

茶具的颜色也在发生变化。二是茶具质地对茶汤味道和香气的影响，茶具质地除要求坚固耐用外，至少不能有损茶质。

我国江南一带比较喜欢喝炒青或者烘青绿茶，多用有盖瓷杯泡茶。福建、台湾、广东等省和东南亚地区的华侨，特别喜欢乌龙茶，宜用紫砂茶具。喜欢工夫红茶和红碎茶的，一般也用瓷壶或者紫砂壶冲泡，然后倒进杯中饮用。四川、安徽等省还流行喝盖碗茶，盖碗由碗盖、茶碗和碗托三部分组成，个人泡饮或者多人泡饮都适合。

茶具发展到现在，基本可以分为两种：主器和辅器。

主器包括泡茶及盛茶的器具，泡茶器具有茶杯、茶盏；盛茶器具有茶杯、公道杯、闻香杯、茶船及茶托等。辅器主要有茶盘、茶洗、茶盂、茶巾、茶荷、茶斗、茶匙及贮茶器等。

茶壶

茶壶在唐代以前就有了。唐代人把茶壶称为“注子”，其意是指从壶嘴里往外倾水，据《资暇录》载：“元和初（806年，唐宪宗时）酌酒犹用樽杓……注子，其形若罂，而盖、嘴、柄皆具。”罂是一种小口大肚的瓶子，唐代的茶壶类似瓶状，腹部大便于装更多的水，口小利于泡茶注水。茶壶主要用来泡茶，也有直接用小茶壶来泡茶和盛茶、喝茶（自己喝）的。茶壶由壶盖、壶身、壶底、圈足四部分组成，壶身上有把和嘴，壶盖上有钮。

茶壶可以由金属、陶瓷等材料制成，目前使用较多的是紫砂陶壶或瓷器茶壶。

茶盏

茶盏在唐以前已有，《博雅》说：“盏杯子。”在广东潮汕地区泡功夫茶，常用茶盏作为泡茶器具，一般一盏功夫茶，可供三四个人用小杯喝一

巡。茶盏也可以直接泡茶和盛茶饮用，但要一人一盏。茶盏通常由盖、碗、托三件组成，多为瓷器制作，也有用紫砂陶制作的。

茶杯

宋时开始有“茶杯”之名。陆游诗云：“藤杖有时缘石磴，风炉随处置茶杯。”茶杯主要用来盛茶或者直接冲泡茶叶，分为大小两种：小杯用来直接品啜；大杯可以用来直接泡茶和盛茶。

公道杯

公道杯又称“茶海”、“茶盅”，是为了均匀茶汤浓度而设的过渡性用具，当茶泡到适当浓度时，先将茶汤从茶壶倒入公道杯，然后再斟入饮者茶杯中。这有三个好处：一是可以使茶汤浓度均匀；二是可以使倒出的茶渣沉于公道杯里，而不至于倒入饮者的茶杯；三是避免茶汤四处滴溅。

闻香杯

闻香杯是供饮者嗅闻留在杯中余香的一种器具。品啜乌龙茶时常常用到，一般由瓷器或紫砂陶制成。

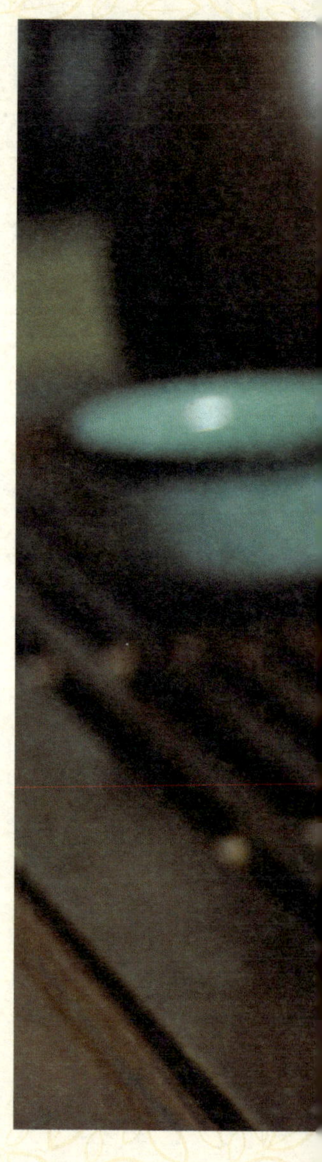

茶船

茶船又称“茶池”，是用来放置茶壶的，有盘形和碗形两种。

茶托

茶托是托住茶杯或者茶碗的器具，每个茶杯配一个茶托。用茶托可以避免沾湿桌子，端杯时可以避免手指接触杯口。

茶盘

茶盘主要是承接盛茶的杯或者盏，向饮者奉茶时使用。其程序通常是：先将茶杯放在茶盘内，倒茶后，主人端盘奉茶，客人从茶盘中取用靠近自己的一杯。如果饮者人数不多，就可以将茶盘放在中央，各人自行取杯饮用。茶盘常为竹木制成，也有用陶瓷制成的。

茶博士

陶土茶具

陶土器具是新石器时代的重要发明，最初是粗糙的土陶，然后逐渐演变成比较坚实的硬陶和彩釉陶。陶器中的佼佼者首推宜兴紫砂茶具。紫砂茶具创始于宋，明代以后大为流行，成为各种茶具中最惹人珍爱的瑰宝。因其造型美观大方，质地淳朴古雅，泡茶时不烫手，且能蓄香，所以极受欢迎。

据说，北宋大诗人苏轼在江苏宜兴独山讲学时，好饮茶，为便于外出时烹茶，曾烧制过由他设计的提梁式紫砂壶，以试茶审味，后人称它为“东坡壶”或是“提梁壶”。苏轼诗云，“银瓶泻油浮蚁酒，紫碗莆粟盘龙茶”，就是诗人对紫砂茶具赏识的表达。但从确切有文字记载来看，紫砂茶具则创造于明代正德年间，宜兴紫砂茶具更是久负盛名。

瓷器茶具

青瓷茶具

青瓷茶具始于晋代，主产地为浙江。到了宋代，浙江龙泉哥窑、弟窑

的生产水平达到了鼎盛时期。明代，青瓷茶具更以其质地细腻、造型端庄、釉色青莹、纹样雅丽而蜚声中外。16世纪末，龙泉青瓷出口法国，轰动整个法兰西，人们用当时风靡欧洲的名剧《牧羊女》中的女主角雪拉同的美丽青袍与之相比，称龙泉青瓷为“雪拉同”，视为稀世珍品。这种茶具除具有瓷器茶具的众多优点外，因色泽青翠，用来冲泡绿茶，更有益汤色之美。不过，用它来冲泡红茶、白茶、黄茶、黑茶，则易使茶汤失去本来面目，似有不足之处。

白瓷茶具

白瓷早在唐代就有“假玉器”之称，唐代时由于饮茶之风大盛，各地先后涌现出一些以生产茶具为主的著名窑场，如河北邢窑生产的白瓷器具，“天下无贵贱通用之”。唐朝白居易还作诗盛赞四川大邑生产的白瓷茶碗。明清两代白瓷茶具的制造工艺水平达到了一个高峰，所产的瓷器以“白如玉，薄如纸，明如镜，声如磬”而著称于世。

黑瓷茶具

黑瓷茶具流行于宋代。宋徽宗赵佶在《大观茶论》中写道：“盏色贵青黑，玉毫条达者为上，取其焕发茶彩色也。”因为在宋代，茶色贵白，所以宜用黑瓷茶具陪衬。黑瓷以建安窑（今福建省建阳市）所产的最

为著名。这里所生产的兔毫盏，釉底色黑亮而纹如兔毫，黑底与白毫相映成趣，加上造型古雅，特别为日本茶人所推崇。

金属茶具

金属用具是指由金、银、铜、铁、锡等金属材料制作而成的器具，它是我国最古老的日用器具之一。早在公元前18世纪至前221年秦始皇统一中国之前的1500年间，青铜器就得到了广泛的应用，古人用青铜制作盘盛水，制作爵、尊盛酒，这些青铜器皿自然也可用来盛茶。1987年5月，我国考古学家在陕西扶风县法门寺地宫中发掘出一套晚唐时期的银质鎏金茶具，曾轰动一时，这套茶具精美绝伦，堪称“国宝”。但是中国茶道的基本精神是“精行俭德”，故在茶艺中不提倡使用金属茶具。用锡、铁、铅等金属制作的茶具泡茶，被认为会使“茶味走样”，所以很少有人使用。但用金属制成贮茶器具，如锡瓶、锡罐等，却屡见不鲜。这是因为金属贮茶器具的密闭性要比纸、竹、木、瓷、陶等好，具有较好的防潮、避光性能，这样更有利于散茶的保存。因此，用锡制作的贮茶器具，至今仍流行于世。

竹木茶具

隋唐以前的饮茶器具，民间多用竹木制作而成。陆羽在《茶经　四之

器》中开列的28种茶具，多数是用竹木制作的。这种茶具，来源广，制作方便，对茶无污染，对人体又无害，因此，从古至今，一直受到茶人的欢迎。但缺点是不能长时间使用，无法长久保存，失却文物价值。只是到了清代，在四川出现了一种竹编茶具，它既是一种工艺品，又富有实用价值，主要品种有茶杯、茶盅、茶托、茶壶、茶盘等，多为成套制作。

这种茶具，不但色调和谐，美观大方，而且能保护内胎，减少损坏；同时，泡茶后不易烫手，并富含艺术欣赏价值。

玻璃茶具

玻璃，古人称之为流璃或琉璃，实是一种有色半透明的矿物质。用这种材料制成的茶具，能给人以色泽鲜艳、光彩照人之感。我国的琉璃制作技术虽然起步较早，但直到唐代，随着中外文化交流的增多，西方琉璃器的不断传入，我国才开始烧制琉璃茶具。陕西扶风法门寺地宫出土的，由唐僖宗供奉的素面圈足淡黄色琉璃茶盏和素面淡黄色琉璃茶托，是地道的中国琉璃茶具，虽然造型原始、装饰简朴、质地显混、透明度低，但却表明我国的琉璃茶具在唐代已经起步，在当时堪称珍贵之物。玻璃茶具是茶具中的后起之秀。玻璃质地透明、可塑性大，制成各种茶具晶莹剔透、光彩夺目。

品茶
贵族情怀

◎穿越时空的醇香——绿茶

◎下午茶的优雅——红茶

◎顶级功夫——乌龙茶

穿越时空的醇香——绿茶

在中国，绿茶代表了一种Gentleman精神，这也是中国人喜爱绿茶的原因，他们非常重视品茶的细节。“文人七件宝，琴棋书画诗酒茶”，茶通六艺，是我国传统文化艺术的载体和最佳意象。

绿茶是鲜叶经过杀青、揉捻后炒干、烘干或晒干制成的。在初制中，由于高温湿热作用，多酚类部分氧化、热解、聚合和转化后，水浸出物的总含量有所减少，多酚类约占15%，其含量的适当减少和转化，不但使绿茶呈“清汤绿叶”，还减少了茶汤的苦涩味，使之变得爽口。

在古代中国，尤其在文人士大夫中，茶不仅仅是一种饮品，更是一种象征精神操守的图腾。苏东坡有这样的妙句，“从来佳茗似佳人”，把好茶尤其是“清汤绿叶”的绿茶比作君子和绅士，用现在的话说，是Gentleman。喝茶的Gentleman通常具备以下条件：第一，他们多有一官半职，特别是在茶区任职的州府和县两级的官员近水楼台先得月，因职务之便可大品名茶。第二，在品茗中培养了对茶的精细感觉，他们大多是品茶专家，“穷春秋，演河图，不如载茗一车”，当年为功名“头悬梁、锥刺股”的书生们而今全身心投入茶事中，当然比别人更为通晓茶艺，并在实践中不断改进茶艺。

所以，这些Gentleman主要是古代的知识分子，以“入仕”的文人和士大夫为主体，还包括未曾发迹的士子，有一定文化艺术修养的名门闺秀、青楼歌伎、艺坛伶人等。对于饮茶，不是为了止渴、消食、提神，而在乎引导精神步入超凡脱俗的境界，在闲情雅致的品茗中悟出点什么。茶人之意在乎山水之间，在乎风月之间，在乎诗文之间，在乎名利之间，希望有所发现，有所寄托，有所忘怀。

茶是纯洁高尚人格的图腾

看看中国人在饮茶上是怎么Gentleman，怎么讲求礼仪和精致的吧！

中国自古便有浅茶满酒之俗，饮茶讲究浅斟慢饮。若满杯茶递与客人，便有欺客逐客之嫌，谓之不礼或失礼，浅浅一杯茶，反映了宾主之间和谐温馨的情谊。一杯茶，七分满。宜浅泡三开，慢饮细品，以显示文雅与修养。浅斟慢饮，作为一种审美状态，古人是把它作为一定程度、一定分寸来把握的，含有东方文化中简约、含蓄、宽容、自律的处世哲学。饮茶礼仪之美，可以让人高雅而富有教养。

茶艺是以茶为载体，经茶人和艺人审美加工使二者珠联璧合之产物。它以茶音乐、茶诗画、茶艺表演等多种艺术形式来表现茶对人的思想感情、生活情趣、道德观念和价值观念的影响，是一种对人产生精神鼓动、情感愉悦并具审美效应等文化功能的艺术。历来的文士茶客对茶进行了出神入化的品饮活动，吟诗作赋状茶之妙、言茶之功，留下了大量的艺术精品。

在品茶的意境中，人们追求的是和、清、静、寂的根本精神，它能使人跨越时空，摆脱人生烦恼，不为名利所累，在超凡脱俗中享受人生的美丽；品茶可纯情，君子的人生犹如一杯见底的清茶，平淡而磊落，没有杯来盏去的油腻与嘈杂，更没有世俗势利的虚妄和矫饰，如同茶一样的品味醇正，真

切实在。因此，无论在文人士大夫的视野中，还是在普通百姓的民俗风情里，茶都被认为是纯洁高尚人格的图腾。

古人是怎样喝茶的

古人在用茶上喜用不发酵茶，特重江苏阳羡茶，宋代的日铸茶、双井茶，明代的虎丘茶、松萝茶，清代的龙井茶皆闻名于世。

古人对茶具的考究，在唐时有二十四器，在宋有十二茶具，明后以壶、杯、炉、注为四要，壶特重宜兴紫砂，杯重景德瓷杯，炉重惠山竹炉，注以汴梁锡制烧水器为优。

古人喝茶特重泉水品质，清雅的绿茶类须有优质泉水来表现，历来最闻名的为无锡惠泉。在泡茶技巧上，有标准茶量、上中下投法、温壶法、注意水的烧开温度四项。在对客人的要求上，以客少为贵。在茶室布置上以“焚香、挂画、插花”为原则。在茶会举办上，提倡野外品茗，讲究茶筵布置。在人的要求上，更重学养、人品及意气之相投。

炫耀权力和富有的贵族茶道

由贡茶而演化为贵族茶道，达官贵人、富商大贾、豪门乡绅于茶、水、火、器无不借权力和金钱求其极，其用心在于炫耀权力和富有。

茶虽为洁品，但当它的功能被人们所认识，被列为贡品，首先享用它的自然是皇帝、皇妃，再推及皇室成员，再是达官贵人。“小家碧玉”一朝选在君王侧，还能保持质朴纯洁吗？恐怕很难。

茶列为贡品的记载最早见于晋代常据著的《华阳国志·巴志》，书中说周武王姬发联合当时居住于川、陕、部一带的庸、蜀、羌、苗、微、卢、彭、消几个方国共同伐纣，夺取天下。此后，巴蜀之地所产的茶叶便正式列为朝廷贡品。此事发生在公元前1135年，距今已有3000年之久。

列为贡品从客观上抬高了茶叶作为饮品的身价，推动了茶叶生产的大发展，刺激了茶叶的科学研究，形成了一大批名茶。古代中国社会是皇权社会，皇家的好恶最能影响全社会的习俗。贡茶制度确立了茶叶的“国饮地位”，也确立了中国为世界产茶大国、饮茶大国的地位，还确立了中国茶道的地位。

而达官贵人则借茶来显示等级秩序，夸示皇家气派。

贵族们不仅讲“名茶”，也讲“真水”，如唐武宗时的李德裕，位居相位，喜饮无锡惠山泉水，他烹茶不用京城水，却专门派人从数千里地以外的无锡经“递铺”传送惠山泉水至长安，称为“水递”。晚唐诗人皮日休以杨贵妃爱吃新鲜荔枝，经驿道传荔枝的典故作诗讥讽他：“丞相常思煮茗时，郡侯催发只嫌迟。吴关去国三千里，莫笑杨妃爱荔枝。”

贵族茶道的茶人是达官贵人、富商大贾、豪门乡绅之流的人物，不必诗词歌赋、琴棋书画，但一要贵，有地位；二要富，有万贯家私。在茶艺中要“精茶、真水、活火、妙器”，无不求其“高品位”，用“权力”和“金钱”以达到夸示富贵之目的，似乎不如此便有损“皇权至上”，有负“金钱第一”。

贵族茶道有很多违情背理的地方，但因为有深刻的文化背景，这一茶道成为重要流派香火绵延，我们也不得不承认其存在价值。

祭茶：对茶的尊敬与崇拜

古代用茶作祭，一般有这样三种形式：在茶碗、茶盏中注以茶水；不煮泡只放以干茶；不放茶，久置茶壶、茶盅作象征。

茶叶作为祭品，无论是尊天敬地或拜佛祭祖，比一般以茶为礼，要更虔诚、讲究一些。王室用于祭典的，全部是进贡的上好茶叶，就是一般寺庙中用于供佛的，也总是想尽办法选用最好的茶叶。如《蛮瓯志》记称："《觉林院志》崇收茶三等：待客以惊雷荚，自奉以萱草带，供佛以紫茸香。盖最上以供佛，而最下以自奉也。"我国南方很多寺庙都种茶，所收茶叶一饷香客，二以供佛，三堪自用，但更倾心的，还是为敬佛之用。

我国许多兄弟民族，也有以茶为祭品的习惯。如布依人的祭土地活动，每月初一、十五，由全寨各家轮流到庙中点灯敬茶，祈求土地神保护全寨人畜平安。祭品很简单，主要是用茶。再如云南丽江的纳西族，无论男女老少，在死前快断气时，亲友都要往死者嘴里放些银末、茶叶和米粒，他们认为只有这样死者才能到"神地"。

思茅与西双版纳等茶树盛产地区，当地少数民族最频繁的祭祀仪式是茶祭仪式，诸如图腾崇拜的祭祀，祖先崇拜的祭祀，此外更有对于诸神的祭祀，包括天神、地神、日神、月神、山神、水神、风神、雨神、谷神、社神，所有这些神灵，皆须定期或者不定期地施以茶祭之礼。在遥远的图腾时代，每当一年几度举行茶树图腾祭祀仪式之时，先民们即在大茶山麓下设下祭坛，由他们的巫师（族长）和歌手，率领本氏族、本部族的男女老幼，朝着大茶山频频叩拜，施以庄严隆重的茶祭之礼，并且领着大家诵唱赞美茶树神灵的祝祷之歌，以此深情地感谢其养育和庇佑之恩。

云南思茅一带的某些土著民族，每届春茶采摘时节，村村寨寨的人们，包括茶农、茶工、茶商，以及本地的乡绅、官员，都会扶老携幼，并且带来茶、米、酒、果之类供品，聚集在各自崇奉的茶王树下顶礼膜拜，祈祷大茶王保佑他们的茶山兴旺，茶园丰收，家家户户都平安吉祥。

 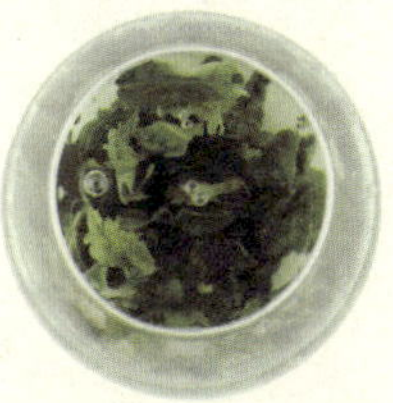  

宗教与茶：茶禅一味

茶与宗教的关系历来相当密切，最早将茶引入宗教的是道教。

早在唐代时，道士喜饮茶者已比比皆是。由于茶能“轻身延年”，故茶成了想得道成仙的道家修炼的重要辅助手段，甚至有人将其视为长生不老的灵丹妙药。道教在“打醮”，即祭祀时祈祷作法等场合的献茶也成为“做道场”的程式之一。道士们品茶，也种茶。凡是道教宫观林立之地，也往往是茶叶盛产之地。道士们都于山谷岭坡处栽种茶树，采制茶叶，以饮茶为乐，提倡以茶待客，以茶为祈祷、祭献、斋戒，甚而“驱鬼妖”的供品之一。随后，饮茶也进入了佛教的修行中。

佛教修行之法为“戒、定、慧”。“戒”，即不饮酒，戒荤吃素；“定、慧”，即坐禅修行，要求坐禅时头正背直、不动不摇、不委不倚，而进入专注忘我的境界。此种耗费精神、损伤体力的坐禅，正好以饮茶来调整精气，故饮茶自古以来受到僧人们的推崇。坐禅是佛教的重要修行内容之一，而坐禅与饮茶是密不可分的。僧人坐禅，又称“禅定”。唯有镇定精神、排除杂念、清心静境，方可自悟禅机。而饮茶不但能“破睡”，还能清心寡欲、养气颐神，故古有“茶中有禅、茶禅一体、茶禅一味”之说，意指禅与茶同为一味，品茶成为参禅的前奏，参禅成了品茶之目的，二位一体，到了水乳交融的境地。

在佛教昌盛的唐代，饮茶尤为僧家所好。僧众坐禅修行，均以茶为饮。

其中除提神外，也以茶饮为长寿之方。那时僧众们非但饮茶，且广栽茶树，采制茶叶。在我国南方，几乎每个寺庙都有自己的茶园，而众寺僧都善采制、品饮。所谓“名山有名寺，名寺有名茶”，名山名茶相得益彰。

“茶禅一味”，这是宋代禅僧悟克勤手书赠送给前来参学的日本弟子的四字真诀，日本的茶道由此孕育而出。这四字代表了茶禅不解之缘。指茶性禅味极其相似，皆源于人的内心体验，只可意会，不可言传的一种意境。禅茶的结缘正如唐代封演《封氏闻见记》卷六《饮茶》所说：“开元中，泰山灵岩寺有降魔师，大兴禅教学禅，务于不寐，又不夕食，皆许其饮茶。人自怀挟，到处煮饮。从此，转相仿效，遂成风俗。”说饮茶的风俗与禅宗的传播大体上是同步的。

茶：文学艺术中的最佳意象

在我国，茶被誉为“国饮”。“文人七件宝，琴棋书画诗酒茶”，茶通六艺，是我国传统文化艺术的载体和最佳意象。

茶与诗词歌赋

中国最早的诗歌选集《诗经》中，已有“荼”这个古茶字，三国、两晋、南北朝时期，以茶为题材的诗赋不少。晋代诗人张载在《登成都楼诗》、南北朝宋代鲍令晖在《香茗赋》中，都有颂茶名句。在其后的唐代、北宋、南宋、元代、明代、清代都涌现出大批以茶为题材的诗篇。

茶与小说戏剧

在中国的许多优秀古典小说名著中，有很多关于茶的细腻描述，反映出茶在各个时代人民生活中的地位。元末明初施耐庵的名著《水浒传》中，对宋代各阶层人民以茶待客，及当时寺院和城镇开设的茶坊招待顾客等情况有生动的描绘。清代曹雪芹的名著《红楼梦》中，几乎每回都有待茶敬茶的叙述。在吴敬梓的《儒林外史》、刘鹗的《老残游记》、李宝喜的《官场现形记》等许多作品中，几乎都有关于茶在当时书场、茶馆，以及在喜庆婚丧和官场应酬等中的情况的不同表述。

在国外，茶也受到作家的青睐，如名作家狄更斯的《泼克维克传》、女作家辛克蕾的《灵魂的治疗》中，对茶都有动人的描写。俄国小说家果戈理、托尔斯泰、屠格涅夫于作品中以饮茶作为桥段的，也不亚于英国作家。

茶与绘画

中国以茶为题材的古代绘画，现存或有文献记载的多为唐代以后的作品，如唐代的《调琴啜茗图卷》，南宋刘松年的《计茶图卷》，元代赵孟頫的《计茶图》，明代唐寅的《事茗图》、文征明的《惠山茶会图》等。日本以茶为题材的绘画多仿中国画，如《明惠上人图》，《茶旅行》手卷，图示日本历史上每年进贡茶叶的礼节共十二景。

欧美各国到18世纪也开始出现以茶为题材的绘画，如爱尔兰画家N.霍恩的《饮茶图》，摩兰的名画《巴格尼格井泉之茶会》，现藏于维多利亚阿尔培博物馆中的名画《村舍内》以及苏格兰画家 D.维尔奇的《茶桌之愉快》等。美国纽约大都会美术博物院中悬有关于茶的画两幅：一为恺撒的《一杯茶》，另一为派登的《茶叶》。

绿茶品鉴

绿茶为不发酵的茶（发酵度为0），黄茶为微发酵的茶（发酵度为10%~20%），白茶为轻度发酵的茶（发酵度为20%~30%），乌龙茶为半发酵的茶（发酵度为30%~60%），红茶为全发酵的茶（发酵度为80%~90%），黑茶为后发酵的茶（发酵度为100%）。

绿茶是历史上最早的茶类，同时也是茶汤颜色最浅、最早注重饮用早春茶、最讲究观赏叶底（泡开后的茶叶）的茶，绿茶离我们生活最近，历史、文化最悠久。

古代人类采集野生茶树芽叶晒干收藏，可以看做广义上的绿茶加工的开始，距今至少有三千多年。但真正意义上的绿茶加工，是从8世纪发明蒸青制法开始，到12世纪又发明炒青制法，绿茶加工技术已比较成熟，一直沿用至今，并不断完善。绿茶为我国产量最大的茶类，产区分布于各产茶省、市、自治区，其中以浙江、安徽、江西三省产量最高，质量最优，是我国绿茶生产的主要基地。绿茶的总体特征是干茶色泽绿润，香气清高持久；汤色清绿明亮；滋味醇厚鲜爽；叶底嫩匀、绿亮。

绿茶之相

绿茶在所有茶类中是形状最多的，而且优质绿茶形态都很美，泡开后的叶底最富观赏性。干茶在水中吸收水分，逐渐绽开，还原成饱满的芽叶，这一过程被称为“观茶舞”。绿茶多为绿色，有的鲜绿，有的嫩绿，有的翠绿，不仅干茶绿，而且茶汤、叶底都是绿的。

茶汤色泽

绿茶是茶多酚程度最轻的茶，所以优质绿茶茶汤的色泽是所有茶叶中最浅的，黄绿明亮。

绿茶的香气

绿茶的香气清醇，令人心旷神怡，绿茶味道最显著的特征是鲜、嫩、爽，鲜醇柔和，甘美爽口。

以龙井为例看绿茶的泡法

绿茶是一种高尚的饮料，饮绿茶是精神上的享受，是一种审美且具有艺术性的行为，是一种修身养性的方法。它是茶汤颜色最浅、最讲究观赏叶底（泡开后的茶叶）的茶。

轻舞飞扬的绿茶

品饮绿茶宜用透色玻璃杯，应无色、无花、无盖。或用白瓷、青瓷、青花瓷无盖杯。需要注意的是：品啜西湖龙井、君山银针、洞庭碧螺春等茶中珍品，宜选用无色透明的玻璃杯；品啜绿茶类名茶或其他细嫩绿茶，茶杯均宜小不宜大，用大杯则水量多、热量大，茶叶容易被“烫熟”，对茶汤的色、香、味有一定影响。

赏茶

在水开之前，可以先欣赏龙井茶的干茶。

温杯

将开水倒入茶杯，双手拿杯，慢转杯身使杯的上下温度一致，然后将水倒掉。

投茶
将茶叶投入茶杯中。

冲水
将水冲入茶杯至七分满。

观茶舞
干茶在水中吸收水分，逐渐绽开，还原成饱满的芽叶，如同茶在跳舞。

饮茶
看完茶“跳舞”之后，就可以饮茶了。龙井的香气清醇，令人心旷神怡。其味道最显著的特征是鲜、嫩、爽，鲜醇柔和，甘美爽口。

绿茶君子

西湖龙井："国茶"

龙井历代为中国十大名茶之一。龙井茶产于浙江杭州的龙井村，历史上曾分为"狮、龙、云、虎"四个品类，其中多认为以产于狮峰的老井的品质为最佳。龙井属炒青绿茶，向以"色绿、香郁、味醇、形美"四绝著称于世。杭州产茶历史悠久，早在唐代陆羽《茶经》中就有记载，龙井茶则始产于宋代。

龙井素有"国茶"之称。一斤干茶，约需4万个芽头焙制，炒制龙井茶，不经揉捻为一大特色。炒制时，全凭手法，有抖、带、挤、甩、挺、拓、扣、抓、压、磨，号称"十大手法"。龙井茶冲泡后嫩匀成朵，枪旗相映，芽芽直立，汤清明亮，滋味甘鲜。

黄山毛峰：状如雀舌，香如白兰

黄山毛峰属烘青绿茶，产于安徽省黄山。这里山高林密，日照短，云雾多，自然条件十分优越，茶树得云雾之滋润，无寒暑之侵袭，蕴成良好的品质。黄山产茶的历史可追溯至宋朝嘉祐年间，至明朝隆庆年间，黄山茶已经很有名气了。黄山毛峰始创于清代光绪年间。

黄山毛峰采制十分精细。制成的毛峰茶外形细扁微曲，状如雀舌，香如白兰，味醇回甘。

泡茶不外行

龙井茶叶面较嫩，在冲水时不要高冲，避免压力太大损伤茶叶；绿茶不用洗茶，水温最好控制在85℃左右，以免沸水烫熟茶叶。

太平猴魁：尖茶的魁首

太平猴魁产于安徽省的太平县猴坑村。太平为县名，产茶可追溯到明朝以前，太平猴魁始创于清朝末年。这里的尖茶外形魁伟，品质最好，号称尖茶的魁首，故名“魁尖”。1915年在巴拿马举行的万国博览会上荣获一等金质奖章和奖状。

二叶抱一芽，平扁挺直，自然舒展，白毫隐伏，有“猴魁两头尖，不散不翘不卷边”之称。叶色苍绿匀润，主脉暗红（俗称“红丝线”）。花香高爽，滋味甘醇，香味有独特的“猴韵”。汤色清绿明净，叶底嫩绿匀亮，芽叶成朵肥壮。品饮时，“头泡香浓，二泡味浓，三泡四泡幽香犹存”。

洞庭碧螺春：一嫩三鲜

碧螺春是与龙井齐名的极品绿茶，产于江苏吴县太湖之滨的洞庭山。碧螺春茶叶用春季从茶树采摘下的细嫩芽头炒制而成，高级的碧螺春，0.5公斤干茶需要茶芽6万~7万个，足见茶芽之细嫩。炒成后的干茶条索紧结，白毫显露，色泽银绿，翠碧诱人，卷曲成螺，故名“碧螺春”。碧螺春创制于明朝，乾隆下江南时已是声名赫赫了。

此茶条索纤细，卷曲成螺，满身披毫，银白翠隐，香气浓郁，滋味鲜醇、甘厚，汤色碧绿清澈，叶底嫩绿明亮，有“一嫩（芽叶嫩）三鲜（色、香、味）”之称，是我国名茶中的珍品，以“形美、色艳、香浓、味醇”而闻名中外。

信阳毛尖：淮南茶信阳第一

信阳毛尖产于河南信阳县西部海拔600米左右的车云山一带。茶圣陆羽在其《茶经》中把光州茶（信阳毛尖）列为茶中上品，宋代大文豪苏东坡又有“淮南茶信阳第一”的千古定论。

此茶条素细紧圆直，色泽翠绿，白毫显露；汤色清绿明亮，香气鲜高，滋味鲜醇；叶底芽壮，嫩绿匀整。素以“色翠、味鲜、香高”著称。信阳毛尖茶汤属浅绿型，汤色、叶底均嫩绿明亮；茶叶香气属清香型，并不同程度表现出毫香、鲜嫩香、板栗香；茶叶滋味具浓烈型和浓醇型，内含有机物质丰富，滋味浓醇鲜爽，高长而耐泡，叶底朵形，芽叶完整、匀称。

唯一由单片鲜叶制成的六安瓜片

六安瓜片是中国名茶中唯一由单片鲜叶制成、不含芽头和茶梗的特异名茶，因成品茶形如瓜子，故取名“瓜片”，产于安徽省六安、金寨、霍山三县之间，产茶历史最早可以追溯到唐朝。

单片不带芽和梗，叶背卷平摊，色翠绿覆有白霜；香气高浓，带有花香；滋味浓醇鲜爽，回味甘甜。

茶叶故事：龙井的传说

传说乾隆皇帝下江南时，来到杭州龙井狮峰山下，看乡女采茶，以示体察民情。这天，乾隆皇帝看见几个乡女正在十多棵绿莹莹的茶蓬前采茶，心中一乐，也学着采了起来。刚采了一把，忽然太监来报："太后有病，请皇上急速回京。"乾隆皇帝听说太后生病，随手将一把茶叶往袋内一放，日夜兼程赶回京城。其实太后只因山珍海味吃多了，一时肝火上升，双眼红肿，胃里不适，并没有大病。此时见皇儿来到，只觉一股清香传来，便问带来什么好东西。皇帝也觉得奇怪，哪来的清香呢？他随手一摸，啊，原来是杭州狮峰山的一把茶叶，几天过后已经干了，浓郁的香气就是它散发出来的。太后便想尝尝茶叶的味道，宫女将茶泡好，送到太后面前，果然清香扑鼻，太后喝了一口，双眼顿时舒适多了，喝完了茶，红肿消了，胃不胀了。太后高兴地说："杭州龙井的茶叶，真是灵丹妙药。"乾隆皇帝见太后这么高兴，立即传令下去，将杭州龙井狮峰山下胡公庙前那十八棵茶树封为"御茶"，每年采摘新茶，专门进贡太后。至今，杭州龙井村胡公庙前还保存着这十八棵御茶。

九招让你成为品茶达人

品茶不仅要看茶的外形，还要看茶汤的色泽、味道。

干茶的外形，主要从几个方面来看

1. 嫩度：嫩度是决定品质的基本因素，所谓“干看外形，湿看叶底”，就是指嫩度。一般嫩度好的茶叶，容易符合该茶类的外形要求（如龙井之“光、扁、平、直”）。此外，还可以从茶叶有无锋苗去鉴别。锋苗好，白毫显露，表示嫩度好，做工也好。如果原料嫩度差，做工再好，茶条也无锋苗和白毫。但是不能仅从茸毛多少来判别嫩度，因各种茶的具体要求不一样，如极好的狮峰龙井是体表无茸毛的。再者，茸毛容易假冒，人工做上去的很多。芽叶嫩度以多茸毛作判断依据，只适合于毛峰、毛尖、银针等“茸毛类”茶。这里需要提到的是，最嫩的鲜叶，也得一芽一叶初展，片面采摘芽心的做法是不恰当的。因为芽心是生长不完善的部分，内含成分不全面，特别是叶绿素含量很低。所以不应单纯为了追求嫩度而只用芽心制茶。

2. 条索：条索是各类茶具有的一定外形规格，如炒青条形、珠茶圆形、龙井扁形、红碎茶颗粒形等。一般长条形茶，看松紧、弯直、壮瘦、圆扁、轻重；圆形茶看颗粒的松紧、匀正、轻重、空实；扁形茶看平整光滑程度和是否符合规格。一般来说，条索紧、身骨重、圆（扁形茶除外）而挺直，说明原料嫩，做工好，品质优；如果

外形松、扁（扁形茶除外）、碎，并有烟、焦味，说明原料老，做工差，品质劣。可见，以紧、实、有锋苗为上。

3. 色泽：用于描述干茶色泽，色泽鲜明，光滑油润，为优良成品所具有的特征，红茶色乌黑而光润者称乌润；绿茶绿而有光泽称绿润。无论何种茶类，好茶均要求色泽一致，光泽明亮，油润鲜活，如果色泽不一，深浅不同，暗而无光，说明原料老嫩不一，做工差，品质劣。茶叶的色泽还和茶树的产地以及季节有很大关系。如高山绿茶，色泽绿而略带黄，鲜活明亮；低山茶或平地茶色泽深绿有光。

4. 匀齐：又称“匀整”、“匀称”，指干茶叶上、中、下段茶的粗细、长短、轻重和色泽非常接近，差异小。

5. 茶叶香气：干茶或者茶叶冲泡时散发出来的茶叶特有的芳香气味。不同的茶叶具有不同的挥发性芳香物质，具有不同的香气类型。根据鲜叶及其加工方法的不同，茶叶香气有毫香型、嫩香型、清香型、栗香型和松烟香型等。

白毫多的芽梢加工而成的绿茶，多为毫香型，如银针、碧螺春等。用柔嫩新梢加工的新茶，常具有嫩香，如各种毛峰、毛尖新茶；某些特殊茶叶品种鲜叶经加工后，茶叶具有幽雅的花香，如铁观音、凤凰单枞等品种加工而成的乌龙茶。

花香可分为清香类和甜香类，清香类如玉兰香、桂花香和玫瑰香等。某些品种，如闽北乌龙茶，具有类似水果的香气，如蜜桃香、雪梨香、菠萝香等。清香、栗香是炒青、烘青等绿茶的典型香型。

茶叶松烟香是在加工过程中用松柴明火干燥，茶叶吸收松烟香而形成，如小种红茶属此类。

茶汤主要从以下几个方面来看

1.开汤：用热水将干茶冲泡出茶汤供品评的过程，又称“泡茶”或“沏茶”。

2.开展：又名“舒展”，用于描述叶底形状，指茶叶冲泡后卷紧的茶叶吸水膨胀性，叶底舒展而平摊，犹如鲜叶形态，而且叶质柔软。

3.茶汤色泽：茶汤的颜色和明亮程度。有深绿型、碧绿型、浅绿型、黄绿型、橙绿型、金黄型、浅黄型、紫红型、红艳型、红亮型、红暗型、黄褐型、青褐型等。

茶汤滋味主要从以下几个方面来看

不同茶叶冲泡时溶入茶汤的化学成分的组成和含量不同，呈现不同的滋味类型，主要有浓烈型、浓强型、浓醇型、醇爽型、醇甜型、醇和型、平和型和淡薄型。

浓烈型表示茶汤入口类似苦涩味，稍后味浓而不苦，富有收敛性而不涩，回味长而有爽口甜感，如高级炒青绿茶。

浓强型表示茶汤浸出物丰富，入口感觉滋味浓厚黏滞口舌，并富有刺激性，优质红碎茶具有此滋味类型。

浓醇型指滋味刺激性和收敛性不强，但回味甜而甘爽，如高级功夫红茶。

醇爽型指滋味浓淡适中，不苦不涩，回味爽口，如黄芽茶。

醇和型指滋味不苦不涩而有厚感，回味平和且较弱，如湘尖、六堡茶属此类。

平和型一般是较老的鲜叶加工而成，表现为滋味平和、有甜感，不苦不涩。

淡薄型是低级茶的滋味特征，表现为平淡或粗淡，并伴有叶底粗老和汤暗等特点。

下午茶的优雅——红茶

从中国传到国外的红茶成了优雅的象征，尤其在英国这样一个讲究绅士风度的国家，红茶更是受到追捧，成为英国人日常生活中不可或缺的必需品。

茶叶刚刚登上欧洲的土地时，就因具有预防和治疗疾病的效果而著称。事实上，茶在英国的普及，倒是真与英国人的饮食结构有很大关系——英国殖民地广大，当时的船员因为贸易和海军的扩张而航行于世界各地，长期食用肉类（尤其是腌制过的牛肉），所以在船员中得坏血病的比例很高，另外那些用没有经过完全消毒的动物乳哺育的六到十八个月婴儿也容易罹患坏血病，而且坏血病容易使患者夭折。因此，当英国人得知茶可以预防坏血病，并且对酒精过多、食肉过多的人都会有所帮助时，他们自然对茶表现出了极大的热情。正是在这样的饮食背景下，饮茶的习惯才会以惊人的速度风靡英国本土。

最早的商业间谍：罗伯特·福琼

14至17世纪，经陆路，中国茶远销中亚、波斯、印度西北部和阿拉伯地区。通过阿拉伯人，茶的信息首次传到西欧。此时，欧洲传教士开始来到元朝和明朝传教，在为中西文化交流搭起桥梁时，也将中国的茶介绍到欧洲。意大利传教士利玛窦就是突出的例子，《利玛窦中国札记》对中国的饮茶习俗的记载详细而具体。1560年，葡萄牙耶稣会传教士克鲁兹乔装打扮混入一支商人队伍中，花了四年时间来往于中国贸易口岸和内地，才搞清了茶的来龙去脉。回国后，他把自己几年所见所闻写入了《中国茶饮录》，这是欧洲第一本介绍中国茶的专著。

1607年，荷兰人从海上来到澳门，将中国茶叶贩运到印度尼西亚。1610年，荷兰直接从中国贩运茶叶，转销欧洲。1618年，明使携带茶叶两箱历经18个月到达俄罗斯以赠俄皇。1613年，英国首次直接从中国贩运茶叶。

17世纪，茶叶先后传到荷兰、英国、法国，以后又相继传到德国、瑞

典、丹麦、西班牙等国。18世纪，饮茶之风已经风靡整个欧洲。欧洲殖民者又将饮茶习俗传入美洲的美国、加拿大以及大洋洲的澳大利亚等英、法殖民地。到19世纪，中国茶叶的传播几乎遍及全球。

欧洲人爱上了喝茶，却没有人见过一棵真正的茶树，因为中国不允许欧洲商人进入内地。这种东方古国的神秘植物引起了西方人的极大好奇。为了盗取茶的秘密，东印度公司派遣拥有植物学知识的中国通罗伯特·福琼前往中国秘密盗取茶树种子和搜罗制茶专家。

1848年夏天的某一天，在印度的寓所里，福琼坐在一把印式的椅子上，窗外，骄阳似火。他穿上中国清代的衣服，让向导为他剃一个中国清代的头式。向导显然并不习惯给人剃头，他的手颤颤抖抖，刀片几度刮破了福琼的头皮，鲜血和眼泪混在福琼的脸上。

1848年秋，南方盛产茶叶的山区出现了一个奇怪的“中国人”，他个头1米8，高鼻梁，蓝眼睛，皮肤很白，却梳着长辫子。当地百姓没见过外国人，又见他说着流利的汉话，会熟练地使用筷子，身边还跟着两个仆人，也就未加怀疑。这个人就是福琼。在一家小旅店的花园内，他发现了一株从未发现过的植物。他刚想偷偷爬墙进去，突然醒悟到自己早已是一身中国人的打扮。于是，他们一行人从容不迫地走进客栈，在一张桌边坐下，点了酒菜。吃完饭，福琼又慢条斯理地点上中国烟斗，对店主说：“这些树真漂亮，我从海边来，在那里看不到这些树，给我一些种子吧。”善良的店主满足了他的请求。

此后，福琼从衢州和浙江其他地区采集了茶树种子，还从宁波、舟山等地采到了大量的茶树标本。最后他将23892株小茶树和大约17000粒茶籽经上海运到印度，在喜马拉雅山山麓西边栽种茶树，稍后在东印度公司的催促下搜罗制茶专家前往制作茶叶。

福琼是个天才的间谍，他的成功是中国人的灾难。茶叶引种南亚后，世界茶叶格局发生了重大变化。1866年，在英国人消费的茶叶中，只有4%来自印度，到1903年，这个比率上升到了59%。如今，世界茶叶市场70%是红茶，而印度红茶的产量、价格均远超茶叶的原产地中国。

红茶引发的战争

1776年，英国通过国会法令向美国殖民地征税，每磅茶叶征收3便士的税收，用来维持驻扎在殖民地的军队和政府官员的开支。由于在美国唯一合法进口和购买的茶叶都来自英国东印度公司，因此人们没有办法逃避这种新赋税。

在法令通过的两年内，大多数美国港口拒绝任何征税商品上岸，并且当英国从伦敦运送几船茶叶到美国时，美国民众群情激愤，在纽约和费城示威游行，要求英国运茶船返回英国。而在查尔斯顿，海关官员扣押了茶叶。在波士顿，发生了几个星期的大规模骚乱，厌恶被别人称为土著人的一群美国人登上了“达特茅斯号”船，叫喊着“波士顿港口今晚将成为一个茶壶”。接下来的三小时，他们把340箱茶叶扔入水中。从此以后，英国政府关闭了波士顿港口，并派遣军队到美国。这标志着美国独立战争的开始，凭借茶叶这种看似微不足道的植物，一个新兴的国家呼之欲出。

在亚欧大陆，当18世纪20年代以后欧洲各东方贸易公司竞相从事对华贸易时，他们均面临同样的问题：如何来支付购买茶叶的费用。欧洲产品在中国几乎找不到销售市场。18世纪的中国经济建立在手工业与农业紧密结合的基础上，发达的手工业和国内市场使中国在经济上高度自给自足。一百多年以后主持中国海关总税务司的英人赫德在其书中曾写道：“中国有世界最好的粮食——大米，最好的饮料——茶，最好的衣物——棉、丝和皮

毛，他们无须从别处购买一文钱的东西。”

经济上高度自给自足和相对较低的购买力使欧洲产品在中国的市场非常狭小，唯一例外的是中国对白银的需求。大规模的中西贸易由此找到了支点：欧洲人用白银交换中国的茶叶。1784年英国东印度公司在广州的财库尚有20余万两白银的盈余，翌年，反而出现了22万两的赤字。为了弥补东西方茶叶贸易巨大的逆差，东印度公司专门成立鸦片事务局，开始大规模向中国贩卖鸦片。不久后，令中华民族丧权辱国的鸦片战争爆发了。

茶叶的西进之路，在美洲大陆，引发了一场战争，使一个国家走向独立；在亚欧大陆，也引发了一场战争，使一个帝国走向衰落。茶叶就这样改变了历史，改变了世界。

红茶为什么叫Black tea

Black tea 是英语中对红茶的表述，我们知道tea是音译且是中国闽南等地的方言，但是black一词，就让人费解了。

Black的原意是“黑色、黑色的”，这个词所组成的词组通常都有负面的意义，比如人们称一些见不得光的市场为“黑市”，英语中也有Black market；中国话中有“黑名单”，英语中也有Black list或者Black book。英美人甚至为了表示对某些物品的鄙视或敌意，还会在一些词中冠black，如Black beetle——蟑螂，Black flag——海盗旗，Black guard——流氓，Black mail——勒索等。

问题是英国人人嗜茶如命，红茶是英国的“国饮”，也是他们心爱的下午茶的灵魂，怎么就成了Black tea?

最早的时候，当欧洲从我国输入茶叶时，是采用海运的，但是当时的航海技术还不是很先进，当遇到风浪时，海水就会渗入到船舱中，浸湿茶叶，这样，经过漫漫的海上之旅，等到这些茶叶运到目的地时，原来的绿茶已经在闷湿的船舱中渐渐发酵成了红茶。

这也许只是好事者的想当然。但是确实，外国人喝的红茶颜色较深，呈暗红色，所以被称为Balck tea也有一定的道理。

15世纪中期，武夷红茶衍生出红茶与乌龙茶，小种红茶是中国以及世界红茶的始茶，武夷山桐木源——今武夷山国家自然保护区是小种红茶的发祥地。目前，红茶是世界上消费最大的茶类——主要是红碎茶。

英国人的下午茶时光

下午茶英文叫Afternoon tea，一般是下午3点到5点之间腹中有点空、正餐还早着的时候垫底的吃喝。这个Afternoon tea是有来历的。

在英国维多利亚时代，约1840年，英国贝德芙公爵夫人安娜女士，每到下午时刻就意兴阑珊、百无聊赖，心想此时距离穿着正式、礼节繁复的晚餐Party还有段时间，又感觉肚子有点饿了，就请女仆准备几片烤面包、奶油以及茶。

后来，安娜女士邀来几位知心好友，伴随着茶与精致的点心，同享轻松惬意的午后时光。没想到一时之间，这在当时贵族社交圈内蔚为风尚，名媛仕女趋之若鹜。一直到今天，已俨然形成一种优雅自在的下午茶文化，也成为正统的“英国红茶文化”。这正是所谓的“维多利亚下午茶”的由来。

正宗的英式维多利亚下午茶总是带着浓浓的英国贵族气息。在花草葱茏、莺声啼啭的庭园中，摆上几个藤木圆桌和红木小椅，在镂花的洁白桌布上安置好亮晶晶的茶具，再添上一壶香浓的红茶、几款精致的甜点，人们围桌而坐，沐浴在温暖的阳光中。面对着满园姹紫嫣红的鲜花，与知心好友一同啜饮属于维多利亚式的下午茶，享受一个温情脉脉、优哉游哉的午后时光，实在是种超级享受。

见证“维多利亚时代”的荣光

维多利亚女皇时代的英国，正处于大英帝国最强盛的时代，文化艺术蓬勃发展，人们醉心于追求艺术文化的内涵及精致的生活品位。下午茶也不例外。

正统的英式下午茶的点心是三层点心瓷盘装盛：最下层放三明治，中间一层放传统英式点心，最上层则放蛋糕及水果塔。至于吃法是由下往上吃，究其原因，是因为最下层的三明治是解饿的，也就像正餐中的主菜，而最上层的水果塔是一种甜度很高的糕点，就像正餐中的甜食，如果由上而下食用糕点，那就大错特错了。

一般来讲，下午茶的专用茶为大吉岭、伯爵茶、火药绿茶或锡兰茶等。纯正的英式下午茶，要以茶叶直接冲泡，再用茶漏过滤掉茶渣才能倒入杯中饮用。随茶来的还有奶罐及切成薄片的柠檬，柠檬一般多加在红茶里。若是喝奶茶，则是先放牛奶再放茶，这是英国人的最爱。茶具都是高级的瓷茶具、银质小茶匙和成套的奶罐、糖罐，小点心则以三明治、小甜点、牛角面包为主，形成了下午茶文化的一道亮丽风景。下午茶对于茶桌的摆饰、餐具、茶具、点心盘等都非常讲究。将茶点整齐地摆在铺着刺绣或蕾丝花边桌布的茶桌上，再辅以优美的音乐，下午茶的气氛便油然而生。

现在，下午茶已经变成人们的一种休闲习惯。装饰十分奢华的西餐厅，墙上油画的内容或许就是维多利亚时代的建筑和人物，色彩斑斓。藤坐椅，方格桌布，白餐巾，桌上一茎鲜花，白瓷器具，乐悠悠。一边就着西式糕点喝茶，一边看着午后街头的匆匆脚步，或是悄然独坐，或是与一二好友闲谈，如梦浮生中不免增添些许温暖。伴随着乐曲的悠悠萦绕，正是一杯清茶消闲清心、放松心情的好时机，这就是源自遥远的维多亚时代的下午茶的真谛。

优雅的茶，优雅地喝

英国茶文化一开始就和皇室挂上了钩。茶叶1650年前后被引进英国时，每磅的价格是10英镑左右，是很奢侈的消费品，只有皇室贵族才会去享用。当时的茶叶之所以高如天价，一方面与它来自千里之外的中国有关；另一方面是因为查理二世为了充实王室财源，针对咖啡、茶叶、巧克力和冰淇淋课以重税。嫁给英王查理二世的葡萄牙公主凯瑟琳，人称“饮茶皇后”，当年她的陪嫁包括200多磅红茶和精美的中国茶具。在红茶的贵重堪与银子匹敌的年代，这位皇后的壮举引得贵族们争相效仿，茶成为身份的象征。女主人锁起茶盒，亲自保管钥匙，只有在宴会待客时才饮茶。即使是客人喝剩的茶渣，女仆们偷着拿到街市去卖，还能换回外快。历史上从未种过一片茶叶的英国人，却用外来茶叶创造了丰富优雅的英式茶文化。

以茶开始每一天，以茶结束每一天，英国人乐此不疲地重复着茶来茶去的作息规律。清早刚一睁眼，就靠在床头享受一杯“床前茶 ”（Early morning tea）；早餐时再来一杯“早餐茶”（Breakfast tea）；上午再繁忙，也得停顿20分钟啜口“工休茶”（Tea break）；下班又到了喝茶吃甜点的法定时刻“下午茶”（Afternoon tea），这时，香气特殊的伯爵茶成为

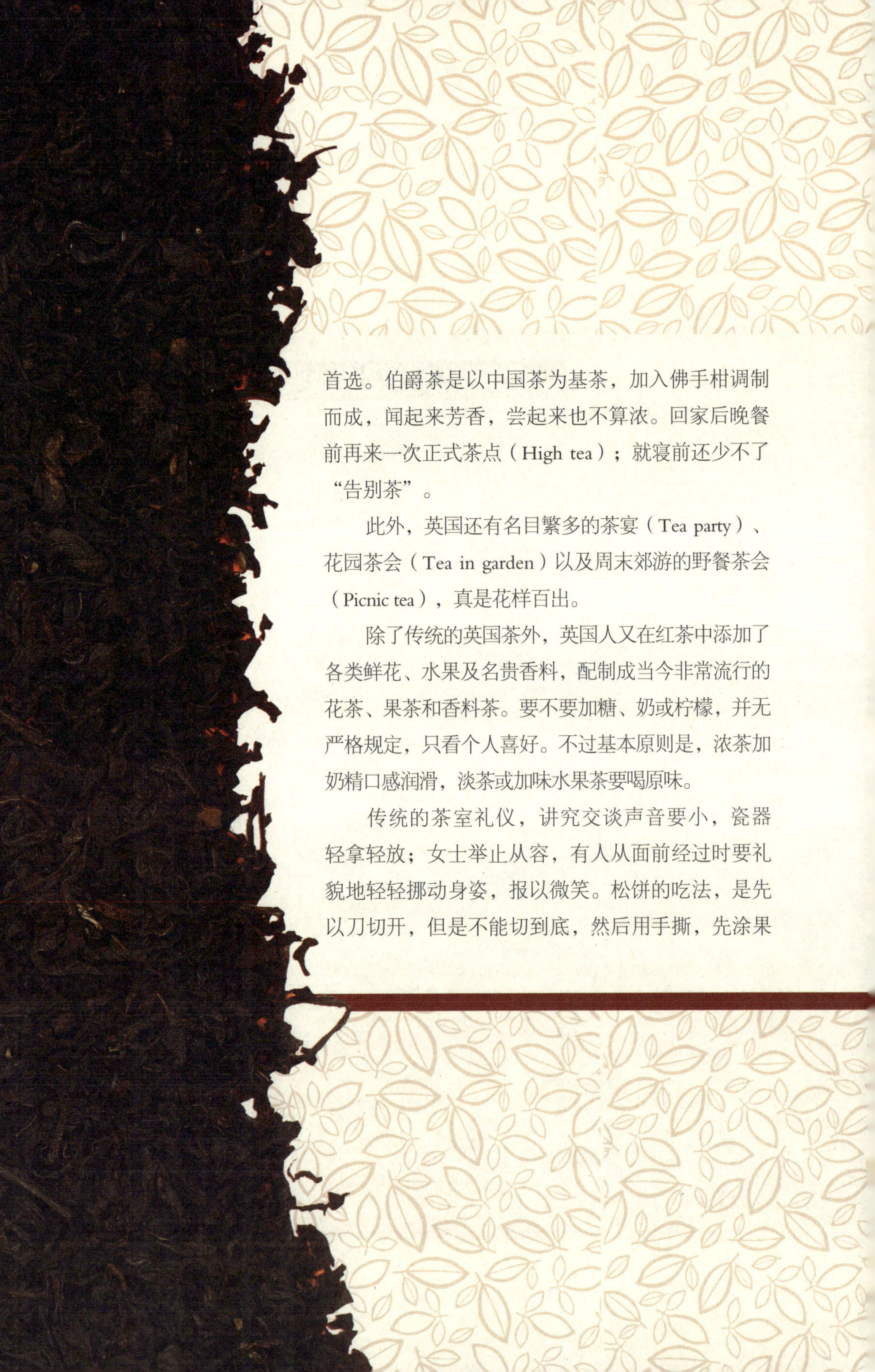

首选。伯爵茶是以中国茶为基茶，加入佛手柑调制而成，闻起来芳香，尝起来也不算浓。回家后晚餐前再来一次正式茶点（High tea）；就寝前还少不了“告别茶”。

此外，英国还有名目繁多的茶宴（Tea party）、花园茶会（Tea in garden）以及周末郊游的野餐茶会（Picnic tea），真是花样百出。

除了传统的英国茶外，英国人又在红茶中添加了各类鲜花、水果及名贵香料，配制成当今非常流行的花茶、果茶和香料茶。要不要加糖、奶或柠檬，并无严格规定，只看个人喜好。不过基本原则是，浓茶加奶精口感润滑，淡茶或加味水果茶要喝原味。

传统的茶室礼仪，讲究交谈声音要小，瓷器轻拿轻放；女士举止从容，有人从面前经过时要礼貌地轻轻挪动身姿，报以微笑。松饼的吃法，是先以刀切开，但是不能切到底，然后用手撕，先涂果酱，再涂奶油。吃完一口，再涂一口。杯中茶喝完后，将茶匙放到茶杯中，表示到此为止，否则主人会不断续茶。

在伦敦，几乎所有的大酒店都有茶座。传统的贵族下午茶，以里兹饭店的棕榈阁最负盛名。它因为黛安娜王妃生前时常光顾而留下了传奇色彩。来这里喝下午茶，男士必须打领带才能入内，一定得事先预订座位，最忙时需提前两个星期才能觅得一席。

品茶是享受的过程。观色、嗅香、品味，色泽亮红清澈的茶汤，散发着阳光和山林的清香，轻啜入口丰柔细滑、甘香绵长。每杯茶都要喝到最后一滴，即“Golddrop”（黄金滴），方能完全体会茶中的味道。

除了欣赏茶本身的味道外，茶具、点心，甚至音乐都是享受红茶时光重要的内容。

一套完整的茶具一般包括：杯、壶、匙、茶刀、滤勺、广口瓶、饼干夹、放茶渣的碗、三层点心盘、砂糖壶、茶巾、保温面罩、茶叶罐、热水壶、托盘，如果主人非常讲究，还可在托盘中铺上一层蕾丝托盘垫。而点心通常会放在三层托盘的银架上，最下层一般为熏鱼、火腿、三明治等餐点；中间层则放松饼、曲奇等甜点；最上面通常会是水果。

红茶与骨瓷的完美搭档

陶瓷起源于中国，但骨瓷始创于英国，曾长期是英国皇室的专用瓷器，独享尊荣。就在如今，骨瓷也是主人身份与地位的象征。骨瓷是世界上公认的最高档的瓷种，按照国际标准，骨瓷内含25%以上的食草动物骨灰，现在所有的骨瓷杯都是加入牛骨粉的。这一成分可以增加瓷器的硬度与透光度，且强度高于一般瓷器，所以可以做到比一般瓷器薄。骨质含量越大，在制作过程中就越易烧裂，所以成品就越贵。据说英国的皇室、唐宁街十号用的是本国产骨瓷杯。美国中上层人士饮茶，也多用骨瓷杯。

骨瓷成品质地轻巧、细密坚硬（是日用瓷器的两倍），不易磨损及破裂，有适度的透光性和保温性，色泽呈天然骨粉独有的自然奶白色。其中骨粉成分为40%以上的器具，其颜色则更呈乳白色，属高档骨瓷（finebonechina）。

骨灰的加入增加了瓷器的硬度与

透光度，强度是一般日用瓷器的两倍。独特的烧制过程和骨碳的加入，使瓷土中的杂质被消除，骨瓷显得更洁白、细腻、通透、轻巧，极少瑕疵，并且比一般瓷器薄，在视觉上有一种特殊的清洁感。骨粉的含量越高，黏土的成分就相对降低，在制作过程中就越易烧裂，在成形上需要更高的技术，增加了烧制难度，所以更加珍贵。

一个收藏骨瓷的人曾经说，应该用触觉、视觉和听觉与骨瓷交流。如果你不解，应该将骨瓷拿在手里，对着光观察骨瓷的通透性，用手感觉瓷的细腻和坚硬，再用食指和拇指轻轻一弹，就可以听到骨瓷“叮”一声脆响。有人做过这样的试验，把四只骨瓷杯子垫在一辆劳斯莱斯车轮下，它们竟能支撑起汽车的重量。

19世纪的欧洲贵族相信，这种奶白色的杯壁能更好地衬托杯中物的色泽，避免描绘图案用的颜料和铅对食物产生污染。再加上骨瓷制品能减缓茶和咖啡在杯中热度的散失，越来越多的英国人像喜爱下午茶一样爱上了骨瓷。在他们眼里，茶的味道和品质固然重要，饮茶的形式也同样有讲究。一套上乘的骨瓷餐具，不仅能够衬托出食物和饮品的精致，更能体现主人独到的品位。

在选择骨瓷的时候，可以考虑来自英国的威基伍德、皇家瓦塞思，以及丹麦的皇家哥本哈根，德国的罗森泰，还有日本的鸣海的骨瓷，它们都是骨瓷中的顶级品牌。

在充满阳光的午后，端起骨瓷茶杯，杯中热气氤氲，窗外斜阳映雪。无论杯中何物，即使是清水，都能袅袅地泛起一年的过往，悉数得失，我心自知。

骨瓷，一种朴素而高贵，平淡却神奇的物事，每个图案都有自己的表情，茶杯与茶盘撞击后悠长清亮的响声，让周遭的空气也变得精致起来。选一套骨瓷餐具，也许这就是犒劳自己一年来辛苦的最佳方式。

红茶贵族

祁红：世界三大红茶之一

产地：祁门红茶创制于1876年，是我国红茶中的珍品。因用的茶树品种得当，茶树生长的自然环境得天独厚，工艺精益求精，制成的红茶具有天然香气，很快就独树一帜，称著于世，与印度的大吉岭茶、斯里兰卡乌伐季节茶并列为世界公认的三大高香茶（红茶）。祁红是我国地域性工夫红茶中出口最多、价格最高的一种。据记载，1913年出口一担祁红售价高达360两白银。祁红主要产地是安徽省祁门县。如今与之相邻的石台、东至、黟县、贵池也有生产。

品质特征：祁红外形条索紧细匀整，锋苗秀丽，色泽乌润；内质清芳并带有蜜糖香味，上品茶更蕴涵着兰花香，馥郁持久；汤色红艳明亮，滋味甘鲜醇厚，叶底红亮。清饮最能品味祁红的隽永香气，即使添加鲜奶亦不失其香醇。

滇红：英国女王的至爱

产地：滇红产于云南省。1939年，滇红试制成功，通过香港富华公司转销英国伦敦，深受欢迎，以每磅800便士的最高价售出。据说英国女王将其置于玻璃器皿中作为观赏之物。

品质特征：滇红外形条索紧结，肥硕雄壮，干茶色泽乌润，金毫显露；内质汤色艳亮，香气鲜郁高长，带有花香，滋味浓厚鲜爽，富有刺激性，叶底红润嫩亮。

宁红：鸦片战争由它而起

产地：始制于清道光初年。主要产地包括江西省修水、武宁、铜鼓等县，修水在元代称为宁州，故名。宁红最盛时（1892~1894年）输出茶叶量达30万箱，产量逾万吨，畅销欧洲，造成欧洲对中国巨大的贸易逆差。

品质特征：该茶外形条索紧结圆直，锋苗挺拔，略显红筋，色乌略红，光润，香高似祁红，滋味醇厚甘和，汤色红亮，叶底嫩匀、红亮。

正山小种：英国诗人拜伦的至爱

产地：正山小种首创于明代中叶，武夷山土民采用揉晒、发酵与焙烤相结合的工艺创制而成，产量不高，仅产于崇安县星村乡桐木关一带，除此以外，其他产地如政和、坦洋等地所产的仿照正山品质的小种红茶，都被称为外山小种。

正山小种曾运销英国，成为英国皇家的御前珍饮。英国人诺顿夸奖说："喝这种茶胜过饮人参汤。"英国17世纪著名诗人拜伦在他的名著《唐璜》中也曾盛赞此茶。

品质特征：外形条索肥壮，紧结圆直，色泽乌润；香气高长，泡水汤色红艳，气味芳香浓烈，并带有松香、枣糖气味。正山小种还特别适合加入牛奶饮用，或者搭配咖喱和肉的菜肴饮用。

红茶品鉴

红茶是在绿茶、黑茶、白茶的基础上发展起来的，起源于1650年前后。由白茶的晒制实践认识到制红茶的日光萎凋，由绿茶杀青不透变红，黑茶渥堆变黑的实践认识到红茶的发酵技术。最早的红茶生产是从福建崇安的小种红茶开始的，后逐渐演变产生了工夫红茶，因其干茶色泽和冲泡的茶汤以红色为主调，故名。现在我们把经过萎凋、揉捻、发酵、干燥等典型工艺加工而成的茶叶统称为红茶。

红茶在加工过程中发生了以茶多酚酶促氧化为中心的化学反应，鲜叶中的化学成分变化较大，茶多酚减少90%以上，产生了茶黄素、茶红素等新的成分。香气物质从鲜叶中的50多种增至300多种，一部分咖啡碱、儿茶素和茶黄素络合成滋味鲜美的络合物，从而形成了红茶、红汤、红叶和香甜味醇的品质特征。我国的红茶因加工方法的不同分为工夫红茶、小种红茶和红碎茶三种。红茶的总体特征是：干茶色泽乌黑（或棕褐）油润，呈金黄色；香气高甜鲜纯；汤色红艳明亮；滋味醇厚甘和；叶底嫩匀、红亮。

红茶是我国主要出口茶类之一，中国工夫红茶在国际市场上享有较高的声誉。英国人最喜欢祁门红茶，皇家贵族更是以饮祁门红茶为时髦。

红茶之相

红茶有条形红茶和红碎茶。条形红茶主要有福建武夷山的小种红茶和工夫红茶，条形红茶适合清饮。红碎茶就是切碎了的红茶颗粒，用红碎茶做成的袋装红茶适合与牛奶、柠檬片等调饮。红茶干茶因为经过完全发酵，茶叶中内含物质完全氧化，色泽乌黑油亮，条形红茶条索均匀，红碎茶颗粒细小、均匀。

茶汤色泽

红茶的茶汤红亮，因为红茶经过完全发酵，茶叶中的物质已完全氧化，变成茶黄素、茶红素等物质，经过浸泡后这些物质分解到水中，茶汤就变成了透亮的红色。

红茶的香气

红茶滋味醇厚微甜，浓厚鲜爽。工夫红茶滋味醇和，叶底完整；红碎茶茶汤鲜红明亮，滋味鲜爽浓烈，有刺激性；小种红茶经特殊加工带有松烟香味。

以滇红为例看红茶的泡法

赏茶

在水开之前，可以先欣赏滇红的干茶。

温壶

用开水温壶，温壶的目的是使泡茶时不致冷热悬殊。

温杯

用温壶的水烫公道杯和品茗杯。

投茶

将滇红投入茶壶中。

冲水
将水沿壶边缘冲入茶壶中。

出汤
把茶壶中的茶汤倒入公道杯中。

分茶
把公道杯中的茶汤分入品茗杯。

奉茶
将分好的茶请客人品饮。

泡茶不外行

沏泡红茶时，要泡上2~3分钟，不要冲水后立刻出汤，泡红茶也不必洗茶。

茶叶故事：祁红故事

祁红是祁门红茶的简称，产于安徽省祁门一带。祁门在历史上很早就盛产绿茶，从事茶业者人数众多，唐咸通三年（862年），司马途《祁门县新修阊江溪记》称：祁门一带“千里之内，业于茶者七八矣。祁之茗，色黄而香”。祁门在清光绪以前并不生产红茶。据传，光绪元年（1875年），有个黟县人叫余干臣，从福建罢官回籍经商，因羡福建红茶（闽红）畅销利厚，想就地试产红茶，于是在至德县（今东至县）尧渡街设立红茶庄，仿效闽红制法，获得成功。次年就到祁门县的历口、闪里设立分茶庄，始制祁红成功。与此同时，当时祁门人胡元龙在祁门南乡贵溪进行“绿改红”，设立“日顺茶厂”试产红茶也获成功。从此祁红不断扩大生产，形成了我国的重要红茶产区。

祁红产区自然条件优越，山地林木多，温暖湿润，土层深厚，雨量充沛，云雾多，很适宜于茶树生长，加之当地茶树的主体品种——槠叶种内含物丰富，酶活性高，很适合于工夫红茶的制作。

祁红采制工艺精细，采摘一芽二三叶的芽叶做原料，经过萎凋、揉捻、发酵，使芽叶由绿色变成紫铜红色，香气透发，然后用文火烘焙至干。红毛茶制成后，还须进行精制，精制工序复杂、花功夫，经毛筛、抖筛、分筛、紧门、撩筛、切断、风选、拣剔、补火、清风、拼和、装箱而制成祁红。

高档祁红外形条索紧细苗秀，色泽乌润，冲泡后茶汤红浓，香气清新芬芳馥郁持久，有明显的甜香，有时带有玫瑰花香。祁红的这种特有的香味，被国外不少消费者称为“祁门香”。

祁红在国际市场上被称为“高档红茶”，特别是在英国伦敦市场上，祁红被列为茶中“英豪”，每当祁红新茶上市，人人争相竞购，他们认为“在中国的茶香里，发现了春天的芬芳”。

祁红茶宜于清饮，但也适于加奶加糖调和饮用。祁红在英国受到了皇家贵族的宠爱，他们赞美祁红是“群芳最”。

茶博士

茶饮进入饮茶文化体系，有着十分久远的历史，
不同民族、不同地区的饮茶习俗也各具特色。
从美学角度讲，色、香、味是茶饮习俗中共同追求的目标。

陆羽认为要品茶的“精华”，达到“极精”的地步，先得克服“九难”，即采造、鉴别、器具、用火、用水、烤制、碾末、煎服、饮用九道程序，并提出了具体要求。从美学角度讲，色、香、味是茶饮习俗中共同追求的目标。

一杯泡好的茶，怎么品尝它的滋味，享受它的神韵呢?

首先是闻香气。香气是茶叶本身所具有的芳香物质，目前已在茶叶中鉴定出500多种挥发性香气化合物。闻香分为汤前香、汤后香。汤前香一般是在赏茶阶段进行，观察茶干的外形和色泽，可先闻一闻茶干香；汤后香是茶叶泡好后闻茶叶的香气，其中绿茶的香气最接近大自然的原始气息，乌龙茶香如水仙花，铁观音有淡淡的果香。

其次是观色。茶类不同色泽也不同，其中包括成品茶色泽、茶汤色

泽，这些色泽是由茶叶中所含的不同化合物所决定的。不同茶叶的色泽及汤色前面已有所介绍。

最后是品味。品茶汤滋味最适宜的温度是45℃~50℃。品尝茶汤时，用舌头在口腔中来回打转，让茶汤充分与口中味觉细胞接触，用鼻子呼出口中气味，然后将茶汤慢慢咽下，感受茶汤的滋味。可就茶汤的刺激性、浓稠度、回甘、余味等方面来感受。

刺激性：茶汤一入口，舌头、鼻腔的嗅觉立刻受到某种程度的刺激，这是指嗅觉对茶汤的反应。

浓稠度：当舌头在口腔中转动时，可借此感受茶汤的浓稠度。浓稠度高表示茶叶的溶出物多，茶汤的成分含量高，滋味自然好。

回甘：当茶汤入喉，收敛性与刺激性逐渐消失，唾液慢慢分泌而出，此时喉咙感觉滋润甘美，这就是回甘，这种感觉越持久越好。

余味：品尝茶汤许久后仍对茶叶的滋味留有印象，仿佛茶香仍在口中久久没有散去，这就是余味十足的好茶。

顶级功夫——乌龙茶

乌龙茶繁琐的泡茶程序可以让人见证中国茶道精神的内涵，中国传统文明的器物留传不少，但是在仪式层面却付诸阙如，幸好工夫乌龙还为我们保留了些许。本节着重介绍工夫乌龙的泡法，久远的文明将在我们身边复苏。

中国文化的修行者

中国茶道因其历史渊源的深远而凝铸着厚重的文化特性。它融汇了儒、道、释三派的美学观点，“天人合一”是茶道的哲学基础。儒学的“以虚静推于天地，通于万物”，道家的“宁静致远、道法自然”，佛教的“茶禅一味、梵我一如”，其本意都在于人与大自然的精神联系与和谐相处。在历史变革中，文人士大夫的精神追求基本被阉割了。形而上谓之道，形而下谓之器，道既不存，器无所附。只有流传于闽南一带的功夫茶，依稀可见中国的文脉尚存。

乌龙茶早期（1655年）由厦门港口运销欧洲而名震寰球。乌龙茶又名青茶，与绿茶、红茶并列为世界三大茶类。乌龙茶创始于中国福建，相继扩展至广东、台湾等地，其中以福建乌龙茶品质最为优异，驰名中外。它在国际茶叶市场上的英译名为Oolong tea，是用采集于Tnea sinensis L（中国武夷种）茶树的鲜叶加工而成的茶类。

乌龙茶是一种半发酵茶类，介于不发酵绿茶与全发酵红茶之间（它的生产时间在红茶之前），即发生酚类的部分酶促氧化作用，遂形成乌龙茶特有的品质风韵——香高、味醇、绿叶红镶边。

闽南的茶文化，从宋、元、明、清至近现代，一直兴而不衰，据乾隆二十七年修纂的闽南《龙溪县志》记载："近则远购武夷茶，以五月至，至则斗茶……"闽南功夫茶文化的中心在闽南，只有辐射，没有转移。真正的功夫茶俗，闽南是源头，是中心，其他地方的功夫茶俗，是各有特色的支流，是闽南功夫茶俗的传承和发展。清代中期，潮汕人饮功夫茶已蔚然成风，并由潮汕地区流传至东南亚各地。

功夫茶作为中国茶艺的古典流派，集合了中国茶道的文化精粹。无论是对茶器、茶具、茶叶、泉水的精选，还是对候汤、淋罐、冲水、斟茶的细究，以及品茶环境氛围的营造，品茶心理素质的调养，品茶鉴赏能力的比较等，都充分体现着"天人合一"的哲学思想。

饮乌龙茶"是一种精神享受，是一种艺术，或是一种修身养性的手段"。乌龙茶专家张天福认为，中国传统礼仪中包含着丰富的茶文化内容，如以茶敬客、以茶联谊、以茶为祭、以茶为礼，已经成为东方文明的重要象征。

饮乌龙茶首先是物求自然。火炉砂铫，紫砂壶白瓷杯，均要本土本色，茶叶茶汤均要本香本味。功夫茶以乌龙茶为专用茶叶，不设色，不加香，色求清淡，味求纯真。本香本味，方可亲近自然、品韵本原。 这与其他茶可加料加色、加味加香全然不同。

其次是人求专心。专心方能致"静"。"静"是茶人的一种审美修养和体验。"归根曰静"。心"静"，方可虚怀若谷、洞察分毫，像镜子一样真实地反映出天地万物。功夫茶的品饮特别要求茶人的专心入"静"。泡一

壶茶边喝边看报纸边看文件边听电话边办事儿，那不叫功夫茶。功夫茶必须闲下来，静下心来，守在炉边，围着茶壶盯着茶杯，注视着主人（品饮者皆为客）的斟茶动作，判断其手艺是否正宗，功夫是否精熟，举止是否文雅，神情是否庄重。四德齐备而茶叶上等，这是客体的完美，加上主体的“虚静”，使得心灵格外空明，精神不断升华净化，品茶人在虚静中与大自然融涵玄会，可通达“天人合一”的境界。

茶道精神的集成者

精良茶具见功夫

潮汕人认为，同一种茶，茶具不同，沏得的茶色、香、味也不同。功夫茶以讲究色、香、味为本，其色、香、味俱佳者，即为茶之上品，或有些不足，便为下品。一套精致的茶具配合色、香、味三绝的名茶，可谓相得益彰。因此，功夫茶的茶具自古以来受到人们的重视。相传有个嗜功夫茶的富翁，一日，家门外来了一个乞丐，见了富翁说："听说贵府茶道甚精，可否见赐一杯？"真是"乞食想食笋果"，富翁说："你乞丐也懂得功夫茶吗？"乞丐说："我原也是富人，正因为嗜功夫茶，因此破家了。我妻儿还在，只是我独个儿求乞过活罢了。"富人见是同道，就给他一杯茶喝。乞丐品尝完说："茶虽是好茶，可惜未醇厚，乃是新壶之故。我有一个老壶，是往日所用，至今还带在身边，饿死也不出卖。"富人向他要来一观，果然是只好壶，借下试冲一壶，香气清冽，便想买下。乞丐说："我不能全卖给你。此壶值3000两银子，卖一半就是只要你1500两去安家，存一半在你这里，这样我就可常常到你这里来共享此壶好不好呢？"富人是个茶鬼，觉得有此茶友也好，便答应他，给了他1500两。从此两人便成了挚交茶友。这虽是故事，但从富翁用重金买茶壶，可见饮茶具备一套好茶具是非常必要的。俗话说："水为茶之母，器为茶之父。"因此，茶具器具精良是"功夫茶"的要件之一，是功夫茶艺的重要体现。

功夫茶之宝

茶壶 ——潮汕人土语叫做“冲罐”，也有叫做“苏罐”的，因为它出自江苏的宜兴，是宜兴紫砂壶中最小的一种。茶壶有二人罐、三人罐、四人罐等的分别，以孟臣、铁画轩、秋圃、萼圃、小山、袁熙生等制造的最珍贵。壶的式样很多，有小如橘子，大似蜜柑者，也有瓜形、柿形、鼓形等。一般多用鼓形的，取其端正浑厚故也。壶的色泽也有多种，朱砂、古铁栗色、紫泥、石黄、天青等。但不管款式、色泽如何，最重要的是“壶宜小不宜大，宜浅不宜深”。冲罐不是买来就用，而是要以茶水“养罐”，才能使用。一把冲罐，买得家来先以茶水频频倒入其中，待“养”上三月有余，小冲罐便“香满怀抱”了，这时方正式使用。如果急用，则必须是一连三日三泡茶，第一遍茶倒掉，留第二遍茶在罐里隔夜，这样通过三天的“饲罐”，也可以使用。潮汕人认为冲罐越老越好，因此对冲罐的爱护很下“工夫”。即使不慎打破有裂痕，也要请师傅用锡箔、铜片镶嵌起来。

茶杯 ——茶杯的选择也有四字诀：小，浅，薄，白。小则一啜而尽；浅则水不留底；质薄如纸以使其易起香；色白如玉用以衬托茶的颜色。潮州茶客常以白地蓝花底平口阔，杯底书“若深珍藏”的“若深杯”为珍贵，但已不易得。江西景德镇和潮州枫溪出品的白瓷小杯，也是很好的，俗称为“白果杯”。现在，也有人使用花瓷或紫砂小杯品饮功夫茶。枫溪在用陶泥生产小茶杯时，采用了外层包着陶泥的工艺，使其色泽雅典庄重，并与整套茶具风格保持协调统一；而内层用白瓷，方便于识别茶汤色泽，且能给人冰清玉洁的感觉。

茶洗 ——形如大碗，深浅色样很多，烹功夫茶必备三个，一正二副，正洗用以浸茶杯，副洗一个用以浸冲罐，一个用以盛洗杯的水和已泡过的茶叶。

茶盘 ——茶盘是用来盛茶杯的，也有各种款式，圆月形、棋盘形等。但不管什么式样，最重要也是四字诀：宽，平，浅，白。就是盘面要宽，以便就客人人数多寡，可以多放几个杯；盘底要平，才不会使茶杯不稳，易于摇晃；边要浅，色要白，这都是为了衬托茶杯、茶壶，使之美观。

茶垫 ——比茶盘小，是用来置冲罐的，也有各种式样，但总之要注意到“夏浅冬深”。冬深是为便于浇罐时多装些沸水，使茶不易冷，茶垫里还要垫上一层垫毡，茶垫是用丝瓜络按茶垫的形状大小剪成的，所以要用丝瓜络而不用布毡者，为了不会生异味，垫毡的作用是为了保护茶壶，功夫茶在洒茶后还要将茶壶倒置过来以免壶里积

水，一点点的水，也会使茶味变苦，原因是单宁酸溶解了。

水瓶与水钵 ——作用一样，都是用以贮水烹茶的。水瓶，修颈垂肩，平底，有提柄，素瓷青花者最好。也有一种束颈有嘴，饰以螭龙，名叫螭龙樽的也不错。水钵，也是用来贮水以备烹茶的，大小均相等于一个普通花盆，款式也很多。明代制的“红金彩”，用五金釉，描金鱼二尾在钵底，舀水时水动，好像金鱼也动，是很少见的珍品。

龙缸 ——大龙缸类似庭中栽种莲花之莲缸，或较小些。用以贮存大量的泉水，密盖，下托以木几，放在书斋一角，古色古香。龙缸也是素瓷青花，有明宣德年造的，但很难见到。

红泥小火炉 ——红泥小火炉，潮安、潮阳、揭阳都有制作，式样好看极了。同样有各种形式，特点是长形，高六七寸，置炭的炉心深而小，这样使火势均匀，省炭，小炉有盖和门，不用时把它一盖一关，既节约，又方便。

砂铫 ——潮安枫溪做的最著名，俗称“茶锅”，是用砂泥做成的，很轻巧，水一开，小盖子会自动掀动，发出一阵阵的声响。这时的水冲茶刚刚合适。至于用钢锅、铝锅来煮水冲茶的，虽然也无不可，可是金属的东西，用以煮水冲茶毕竟要差一些，不算功夫了。

羽扇与钢筷 ——羽扇是用以扇火的，扇火时既须用劲，又不可扇过炉门左右，这样才能保持一定火候，也是表示对客人的尊敬。

功夫茶最好用福建乌龙茶

功夫茶所用茶叶，只限于半发酵的福建岩茶、溪茶和潮汕的凤凰水仙一类（均属青茶类）。中国的其他茶类如红茶、绿茶、砖茶、花茶、

白茶等则不适合。因为若用功夫茶的泡法，它们往往苦涩不堪入口，只有这种半发酵的青茶类为上。习惯上功夫茶最好是用福建乌龙茶，即闽北所产。岩茶之名，源于武夷山一带山多岩石，茶树多长于岩缝，故称岩茶。铁观音则主要产于闽南安溪，故又称溪茶。岩茶和溪茶名目繁多，其中奇种、单枞、名枞大红袍、水仙、一枝春等都是名牌茶。

潮汕的凤凰山生产的茶叶，也属半发酵的青茶，其名目有水仙（俗称“鸟嘴茶”）、单枞、浪菜等。凤凰茶和附近的岭头、西岩茶，也是我国名茶种之一，茶索粗长，茶色黄褐，香气清馥，滋味浓醇而甘，汤色浅黄，是潮汕人和东南亚华侨爱好的一种茶。据《潮州府志》载：“凤凰山名茶待诏茶，亦名贡茶。”民间传说南宋末代皇帝赵昺，逃到潮州凤凰山，口渴思饮，采山中茶叶咀嚼，清甘止渴，称赏不已，所以凤凰山的这种茶树，便被后人称为宋茶。潮汕功夫茶之普遍，跟本地出产名茶是息息相关的。

功夫茶取水用山泉水

《茶经》说：“山水上，江水中，井水下。”潮汕功夫茶取水也重山泉水，潮州西湖山的处女泉，潮阳东山岩上的“曲水流觞”泉，黄冈的漱玉泉，揭阳的黄崎山泉，均为活山泉水，洁净清甘，无杂味，至今仍为一些讲究功夫茶者所嗜爱。所以，备龙缸以清洁，但因含多种矿物质，没有经过化验，也难断定是否为上水。但活水比死水水质好，这是肯定的。今人认为取矿泉水厂的合格矿泉水泡功夫茶最好。

好功夫全凭冲

功夫茶独成一格，如果烹茶没有功夫，那就不能叫做功夫茶了。所以功夫茶之首功全在烹茶、冲茶之法，这是功夫茶之为“功夫”的最重要条件。有好茶好水和珍品茶具，如不善冲，就会全功尽废。潮汕人总结功夫茶的冲法为“高冲低筛，刮沫淋盖”。这是简要的概括，其详细的过程为洁器、纳茶、洗茶、冲泡、刮泡、淋盖、烫杯、洗杯、筛点和净器养壶。

1.焚香静气

点燃一支檀香，来营造祥和、肃穆、无比温馨的气氛。你的心会伴随着这悠悠袅袅的香烟，升华到高雅而神奇的境界。

2.鉴赏香茗

主人用茶则从茶仓中取出一壶量的茶叶，置于赏茶盘中，让客人鉴赏干茶，并介绍所用茶的特点。

3.孟臣淋霖

用沸水浇壶身，其目的在于为壶体加温，即所谓“温壶”。

4.乌龙入宫

将茶叶用茶匙拨入茶壶，装茶的顺序应是先细再粗后茶梗。

5.悬壶高冲

向孟臣罐中注水，水满壶口为止。

6.春风拂面（刮顶淋眉）

用壶盖刮去壶口的泡沫，盖上壶盖，冲去壶顶的泡沫。淋壶可冲淋壶盖和壶身，但不可冲到气孔上，否则水易冲入壶中。淋壶的目的一为清洗，二为使壶内外皆热，以利于茶香的挥发。

7.熏洗仙颜

迅速倒出壶中之水，是为洗茶，目的是洗去茶叶表面的浮尘。

8.若琛出浴

用第一遍泡茶水烫杯，又称“温杯”，转动杯身，如同飞轮旋转，又似飞花欢舞。

9.玉液回壶

用高冲法再次向壶内注满沸水。

10.关公巡城

循环斟茶，茶壶似巡城之关羽。此番目的是使杯中茶汤浓淡一致，且低斟是为不使香气过多散失。

11.韩信点兵

巡城至茶汤将尽时，将壶中所余斟于每一杯中，这些是全壶茶汤中的精华，应一点一滴平均分注，因而戏称韩信点兵。

12.鲤鱼翻身

闻香杯中斟满茶后，将品茗杯倒扣过来，盖在闻香杯上，称为“龙凤呈祥”，然后把扣合的杯子翻转过来，称之为“鲤鱼翻身”。

13.敬奉香茗

先敬主宾，或以老幼为序。

14.品香审韵

先闻香，后品茗。品茗时，以拇指与食指扶住杯沿，以中指抵住杯底，俗称“三龙护鼎”。品饮要分三口进行，“三口方知味，三番才动心”，茶汤的鲜醇甘爽，令人回味无穷。

15.高冲低筛

冲泡第二泡茶，重复第九步动作。

16.若琛复浴

手法同第八步若琛出浴。

17.重酌妙香

重复第十、第十一步动作。

18.再识醇韵

重复第十四步动作。

19.三斟流霞

冲泡第三泡茶。铁观音等乌龙茶，内质好，香气浓郁持久，有“七泡有余香”之美称。

中国、日本、英国茶道对比

式微的中国茶道

中国茶道约成于中唐之际，陆羽是中国茶道的鼻祖。陆羽《茶经》所倡导的“饮茶之道”实际上是一种艺术性的饮茶，它包括鉴茶、选水、赏器、取火、炙茶、碾末、烧水、煎茶、酌茶、品饮等一系列的程序、礼法、规则。

中国茶道与诗文、书画、建筑、自然环境相结合，把饮茶从日常的物质生活上升到精神文化层次；饮茶者把修行落实于饮茶的艺术形式之中，重在修炼身心，以求达到天人合一。

中国的“茶道”，除《茶经》所载之外，宋代蔡襄的《茶录》、宋徽宗赵佶的《大观茶论》、明代朱权的《茶谱》、张源的《茶录》等茶书都有许多记载。可以简单地说，中国茶道兴于唐，盛于宋、明，衰于近代。今天能约略窥见中国茶道精神的就是潮汕地区的“功夫茶”。功夫茶的步骤是：焚香静气、鉴赏香茗、孟臣淋霖、乌龙入宫、悬壶高冲、春风拂面、熏洗仙颜、若琛出浴、玉液回壶、关公巡城、韩信点兵、鲤鱼翻身、敬奉香茗、品香审韵、高冲低筛、若琛复浴、重酌妙香、再识醇韵、三斟流霞等。

功夫茶对茶叶、茶具、水、冲泡过程都有严格的要求，功夫茶重在品味鉴赏。潮汕俗语说：“茶三酒四游玩二。”说的是饮茶最好三人，喝酒最好四人，游玩最好两人。这当然不是绝对的。但要品茶，确实不宜太多人，两三个知己，静坐闲谈，慢慢品茶，才觉有味。品茶当然不只品味，要先闻其香，再品其味。喝功夫茶者，常常捧起茶杯接唇后，先闻一下，吸入香气，此时清香沁肺，骤觉清爽提神，然后仰面一啜慢慢咽下，齿颊留香，喉底甘润，备觉身心愉快。有人还将杯底再嗅一遍，回香回味，称这才是懂得功夫茶三昧。至于讲究在清雅的环境中——如古人所称道的茂林修竹、画舫游艇、山亭水榭，或今人所心爱的音乐茶座，则又是另一番情景趣味了。

中国茶道的内涵

茶——科学性：

茶叶：中国茶叶品种众多、制作特色各自不同，可因应各种口味需求之人们；在制茶领域中不断改良创新，符合时代需要，省时、省力、卫生、美观。

茶具：精致的陶瓷艺术，在造型符合实用、美观外，更注意其烧制过程中的变化，均要巧妙掌握其物理特性、化学原理，以制作出完美的艺术品。

功效：较注重饮茶的功能性作用，如提神醒脑、消除疲劳、增强耐力等。

道——哲学性：

中国饮茶在思想上追求自由自在、无拘无束，既可评论时事、臧否人物，也可寄情风花雪月，尤其各类文人雅士之聚会，总少不了茶与酒，因而借酒助兴或感伤世事，再者以茶解讽或舒解心中郁气，并随时与山水天地融合，进而吟咏出许多意境优雅的诗词。

日本的茶道

日本茶道之源流

中国茶叶传入日本，约在汉代就开始了。唐代，日本僧人大规模来华求学，高僧最澄禅师和空海禅师到中国天台山国清寺留学，回国时带回茶籽栽种于日本滋贺县。宋代，日本荣西禅师两度留学中国，又带回茶籽，栽种于日本佐贺县。

中国南宋的“点茶”法由镰仓时代的荣西禅师传入日本，形成了日本的“抹茶道”。中国明朝的“泡茶”法由江户初期的隐元禅师传入日本，形成了日本的“煎茶道”。

日本与我国茶道旨趣大不相同，日本敢据以夸张“国粹”，傲视西方（甚至可以轻视中国），理由就在于他们在仪式和精神上完整地保存了茶道，以至于人们一听到茶道，首先想到的就是“日本茶道”。

一期一会

一期一会是日本茶道用语。一期，是人的一生；一会，意味仅有一次相会。一期一会是日本茶道中很重要的一种精神，也就是要将每一碗茶，当做是今生唯一、最后的一碗茶，怀抱着感激，安静地品尝这碗茶的香味。

日本的茶道分为好几十个流派，依流派而仪式做法有所不同，但其最基本的精神是一样的，也就是一期一会的精神。不管是主人还是宾客，都抱持着下次不知道何时才有机会能再次相聚的心情，而将此次茶会当成是一生的最后一次见面。就因为这一期一会的精神，在整个仪式中可以发现鞠躬敬礼这个动作，像是要敬完一辈子的礼一样，这些动作其实展现出主人尽心接待客人的心及客人感谢的心，也表现出日本茶道中人互相尊重的融洽关系。

日本茶道礼法

进入日本茶道部，有身穿朴素和服，举止文雅的女茶师礼貌地迎上前来。在进入茶室前，必须经过一小段自然景观区，这是为了使茶客在进入茶室前，先静下心来，除去一切凡尘杂念。茶室门外的一个水缸里用一长柄的水瓢盛水，洗手，然后将水徐徐送入口中漱口，目的是将体内外的凡尘洗净，然后，把一个干净的手绢，放入前胸衣襟内，再取一把小折扇，插在身后的腰带上，稍静下心后，便进入茶室。

日本的茶室，面积一般以置放四叠半“榻榻米”为度，小巧雅致，结构紧凑，以便于宾主倾心交谈。室内设置壁龛、地炉和各式木窗，右侧有“水屋”，供备放煮水、沏茶、品茶的器具和清洁用具。床间挂名人字画，其旁悬竹制花瓶，瓶中插花，插花品种和旁边的饰物，视四季而有不同，但必须和季节时令相配。

每次茶道举行时，主人必先在茶室的活动格子门外跪迎宾客，头一位进茶室的必须是来宾中的一位首席宾客（称为正客），其他客人随后入室。

来宾入室后，宾主相互鞠躬致礼，主客面对而坐，而正客须坐于主人上手（左边）。这时主人即去“水屋”取风炉、茶釜、水注、

白炭等器物，而客人可欣赏茶室内的陈设布置及字画、鲜花等装饰。主人取器物回茶室后，跪于榻榻米上生火煮水，并从香盒中取出少许香点燃。在风炉上煮水期间，主人要再次至水屋忙碌，这时众宾客可自由活动。

沏茶：主人要擦拭所有茶具，擦拭前，还要先进行绢巾的操演。主人从腰里拿出白色的绢巾，仔细打量一番，折

成三角形，再折小，然后开始擦拭茶罐，擦完茶罐后擦茶勺，横擦一次，竖擦两次，接下来擦清水罐，最后擦茶碗。擦茶碗的程序是：先用热水清洗，然后用绢巾擦干，擦三圈半，将茶碗的正面转向自己，用茶勺从茶罐中取茶末二三勺，置茶碗中，再注入沸水，并用茶筅搅拌碗中茶水，直至茶汤泛起泡沫为止。

敬茶：主人一般在敬茶前，要先请客人品尝一下甜点，以避免空肚喝茶伤胃。敬茶时，主人用左手掌托碗，右手五指持碗边，跪地后举起茶碗（须与自己额头平齐），恭送至正客前。正客接过茶碗也须与自己额头平齐，以示对主人致谢，再把它放在自己和下一位客人之间，并且向下一位客人道歉说，对不起我先喝，然后放下碗，重新举起才能饮茶。饮时口中要发出“啧啧”的赞声，表示对主人“好茶”的称誉。喝完后，要用手指擦一下喝茶的部位，不要马上将茶杯放在榻榻米上，而是将手肘放在膝盖上方，拿起茶杯欣赏。归还茶杯的时候，要保证正面对着主人。

整个茶会，主客的行、立、坐，送、接茶杯，饮茶，观看茶具，甚至擦杯、放置物件和说话，都有特定的礼仪。一次茶道仪式的时间，一般在四小时左右。结束后，主人要再次在茶室格子门外跪送宾客，同时接受宾客的临别赞颂。

日本茶具源于功夫茶具

日本茶道的茶具源于中国功夫茶具。其基本茶具与潮汕功夫茶具一样也分四大件：凉炉，煮水用的风炉；茶釜，煮水用的铁制的有盖大钵；汤瓶，泡茶用的带柄有嘴罐，称“急须”；茶碗，盛茶汤用的瓷碗。还有研磨茶叶的“茶磨”，夹白炭用的“火箸”，盛冷水的“水注”，盛白炭的“炭篮”，清洁茶具用的“水翻”，装香用的“香盒”，沏茶时用于搅拌的“茶筅”，取茶粉用的竹制“茶勺”，擦拭茶碗的“茶巾”，盛茶叶末的“茶罐”，用三根大鸟羽毛制成、用于拂尘的“羽帚”，盛炭的“炭斗”，盛炉灰的“灰器”，取水用的“水勺”等。

日本茶道的内涵

茶——大多以蒸青绿茶（煎茶）为主，近年来也饮用乌龙茶。民间普遍用泡茶法，最不良的习惯就是喝冷茶，与中国所称忌喝冷茶及隔夜茶有所出入。

道——日本茶道保持了一大套繁文缛节和不断重复的规定动作，达到千利休提倡“和敬清寂”的本意，“和”是指人与大自然的调和；“敬”是指由主客之间互相尊敬开始，以至对任何事物都抱有谦敬之心；“清”是指心无杂念，要令自己心意淳朴清静，无人世俗念，达到禅的意境；“寂”是由上述意境达至与大自然融合为一，无始无终的那种安详宁静的状态。

英国的茶道

英国茶道礼法

英国民族的性格特征，是保守、沉默、严肃，所以饮茶才能成为牢不可破的传统习俗，无论环境如何困难，他们各阶层国民每日的“上午茶”（上午10点半）与“下午茶”（下午3~5点），总是免不了的。由于数代过惯这种规律的生活，英国人也就特别郑重其事，把两次饮茶视为工作过程中的精神调剂。

1. 精美的茶叶、茶具和茶点。下午茶所用茶叶、茶具和茶点都以精美为

标准，茶叶选用优质的红茶，尤以中国茶为贵，大吉岭茶和伯爵茶也是英国人的最爱。茶具通常选用中国瓷器或银制器皿，配备齐全的一套泡茶用具（Tea set），包括茶壶（Tea pot），茶杯（Tea cup），茶盘（Tea tray），茶桌（Tea poy），茶匙（Tea spoon），茶叶罐（Tea caddy），茶壶暖罩（Tea cosy，置于茶壶上保温用），茶巾（Tea towel用于擦干器皿），茶案台布（Tea cloth）等。茶具一般都是银质的，据说在缺乏阳光的英国，银质茶具往往透着人们对阳光的渴望。另外，蕾丝手工刺绣桌巾或托盘垫是下午茶重要的配备。

茶点制作精致，口味以清淡为主，以不影响品尝红茶滋味，点心可视季节搭配，最常见的是一种叫Tea cake的扁平小饼。

2. 讲究的冲饮方式。下午茶以红茶加奶调饮为主。一杯口感香滑、色泽悦目的红茶有其特定的冲泡程序。先用开水热一下茶壶，再放入茶叶冲泡，不能立即出汤，要浸泡一会儿，但时间不能太长。在各个茶杯里先倒上一点冷牛奶，然后再把泡好的热茶冲入杯中，最后加糖。如果茶太浓可兑些开水，但先倒牛奶再冲茶的顺序不能颠倒。

3. 优雅的饮茶环境。下午茶是贵族们显示财富、身份、权力与风雅的机会，不但茶具、茶点、茶叶昂贵精致，饮茶环境也很受重视，可在华丽富贵的客厅，或在绿意盎然的庭院举行Tea party。如此美妙的环境当然少不了音乐，在弦乐队的伴奏下，女士们身着Tea gown（19世纪流行于下午茶会上的礼服），翩翩跳起Tea dance（19世纪流行于下午茶会的舞蹈），其乐融融。

4. 女主人的风采。按照习俗，泡茶倒茶的事通常由女眷完成，一个不会茶艺的女子将被认为没有良好的教养。因此进入社交界之前，贵族女子都必须研习茶艺。而且，女主人在下午茶上，不仅仅要展示其优雅娴熟的茶艺，还可借此机会主持沙龙话题，让在场的每一个客人都不会被冷落，展现出社交达人的一面。

5. 规范的饮茶礼仪。英国是一个注重礼节修养的民族，下午茶会培养了英国人所崇尚的绅士淑女风度，并形成自己的一套饮茶社交礼仪。餐具使用摆放方式、用餐礼节、冲泡茶艺、言谈举止都要符合规范，比如喝茶一定要先倒牛奶，后冲热茶，再加糖，程序不能出错。饮茶还是教养的训练：茶水不能泼出；咬食面包要小口；言谈举止要得体礼貌，既要表现聪明机智，又要忌讳说教卖弄；女主人倒茶前要先问是浓还是淡（strong or weak），放糖前也要问“你要几块”以示对客人的尊重等。所以，下午茶会是评判家庭教养的社交场合，同时也是研习社交礼节的最佳途径。

英国茶道的内涵

茶——大多以加味或拌花的茶叶为主。

道——下午茶会是英国在200多年间不断吸收中国、荷兰等国饮茶风俗，融入本国风土人情，与文化艺术相结合形成的具有固定程序的饮茶礼仪，以茶为媒介，以茶会友，以茶待客，以茶怡情，尽情展示淑女和绅士的风采。

功夫名士

大红袍："茶中之圣"

产地：大红袍是武夷岩茶的一种，武夷四大名枞之一。产于武夷山天心岩九龙窠的高崖峭壁上。名枞是岩茶之王，四大名枞是名枞中的精品，而"大红袍"又位居四大名枞之首，所以有"茶中之圣"的美誉。

品质特征：外形粗壮紧实，叶端扭曲，汤色橙黄明亮，香气浓郁清长，具有浓郁的桂花香；滋味浓爽，历经九次冲泡而不脱真味——桂花香，具有爽口回甘的特征；叶底肥厚柔软。

凤凰单枞：19世纪誉满全球

产地：凤凰单枞产于广东潮汕，19世纪中叶即誉满国际茶叶市场。

品质特征：凤凰单枞只在春茶采制，一般在下午2~4时采摘，利用夜间手工制作。外形条索肥壮、紧结、重实、匀整挺直，色带褐似鳝皮色，油润有光；内质香气清高悠深，具有天然花香，汤色橙黄清澈明亮，沿碗壁呈金黄色彩边，滋味浓爽，润喉回甘，叶底边缘朱红，叶腹黄亮。凤凰单枞因香气滋味的差异，可以分为黄枝香、芝兰香、桃仁香、玉桂香、通天香等品名，品质各具特点。

黄金桂：奇香似桂花

产地：黄金桂产于福建安溪，创制于清朝，因汤色金黄又有奇香似桂花而得名。在产区多称黄旦。

品质特征：条索紧细，色泽润亮金黄，香气幽雅鲜爽，带桂花香型，滋味醇细甘鲜，汤色金黄明亮，叶底中央黄绿，边缘朱红，柔软明亮。

铁观音："美如观音重似铁"

产地：铁观音原产于福建的安溪县。安溪早在唐朝就已产茶，铁观音始创时间则在清朝。其茶沉重似铁，外形优美，人称"美如观音重似铁"。

品质特征：铁观音的制作工艺十分复杂，鲜叶经凉青、晒青、做青、炒青、揉捻、初焙、复揉、复焙、复包揉、文火慢烘、拣剔等工序加工而成。好的铁观音，在制作过程中因咖啡碱随水分蒸发还会凝成一层白霜；冲泡后，有天然的兰花香，滋味醇浓。安溪铁观音名扬福建、广东、台湾、香港、澳门等地区以及日本、泰国、印尼、新加坡等国家。

冻顶乌龙：来自台湾，系出名门

产地：冻顶乌龙产于台湾南投鹿谷乡的冻顶山。相传清咸丰五年（1855年）台湾南投有一青年从福建武夷山引入适制乌龙茶苗植于冻顶山，并加以精心培育，单独采制成品茶。

品质特征：冻顶乌龙外形呈半球状，条索紧结整齐，叶尖卷曲成球，色泽黑绿鲜艳，并带有青蛙皮般的灰白点，干茶具有强烈芳香。冲泡后，汤色橙黄，清澈明亮，清香而幽雅，香气近似桂花，滋味醇厚，喉韵甘滑，回甘力强。叶底稍透明，叶缘锯齿发酵变红，叶身淡绿，叶缘红镶边。

武夷水仙：得山川清淑之气

产地：武夷水仙产于福建武夷，始于清道光年间（1821年）。武夷水仙“得山川清淑之气”，曾有过光辉的历史，《红楼梦》中贾母最爱喝的“老君眉”就是武夷水仙。清光绪年间产销量曾达500吨以上，畅销闽、粤、港、澳、南洋群岛、新加坡和美国旧金山等地。如今武夷水仙已占闽北乌龙茶的60%~70%，具有举足轻重的地位。

品质特征：水仙茶做青阶段与一般乌龙茶基本相似，做青后的工序则略有不同。成茶条索紧结沉重，叶端扭曲，色泽油润暗沙绿，呈“蜻蜓头，青蛙腿”状；泡后香气浓郁，具有兰花清香，滋味醇厚回甘，汤色清澈橙黄，叶底厚软黄亮，叶缘朱砂红边或红点，人称“三红七青”。

风味独特的闽南水仙

产地：清咸丰年间（1857年），永春仙溪乡人郑世报从闽北引种水仙茶，在永春及闽南种植，制茶时注重外形的卷曲紧结，增加包揉工序与次数。成茶更耐泡、香气更足、滋味更醇、汤色更亮，形成风味独特的“闽南水仙”。

品质特征：闽南水仙外形肥壮匀整，紧结曲卷，色泽光润，褐黄、黛绿交错。泡后香气清高幽长，有兰花香，汤色清澈橙黄，滋味甘醇鲜爽，叶底黄亮，连泡多次，香气仍久溢不散。

乌龙茶品鉴

乌龙茶又称青茶，是半发酵茶类的总称。乌龙茶现产于福建、广东和台湾，是我国特产的茶叶种类，除日本学习我国乌龙茶制法外，其他国家都不会生产。乌龙茶以本茶的创始人而得名。据《福建之茶》、《福建茶叶民间传说》记载，清朝雍正年间，在福建省安溪县西坪乡南岩村里有一个茶农，也是打猎能手，姓苏名龙，因他长得黝黑健壮，乡亲们都叫他“乌龙”。一年春天，乌龙腰挂茶篓，身背猎枪上山采茶，采到中午，一头山獐突然从身边溜过，乌龙举枪射击，但负伤的山獐拼命逃向山林中，乌龙随后紧追不舍，终于捕获了猎物，当把山獐背到家时已是掌灯时分，乌龙和全家人忙于宰杀、品尝野味，已将制茶的事全然忘记了。翌日清晨全家人才忙着炒制昨天采回的“茶青”。没有想到放置了一夜的鲜叶，已镶上了红边，并散发出阵阵清香，当茶叶制好时，滋味格外清香浓厚，全无往日的苦涩之味。他精心琢磨与反复试验，经过萎凋、摇青、半发酵、烘焙等工序，终于制出了品质优异的茶类新品——乌龙茶。

乌龙茶的鲜叶成熟度较高，一般等嫩梢生产形成驻芽后采其二三叶，俗称“开面采”，鲜叶采回之后，经萎凋（或称晒青与凉青）、做青（使红鲜叶局部变红）、杀青、揉捻、干燥等工序加工而成，品质兼有红、绿茶的特征而又形成了自己独特的风格。其总的品质特征为：外形较壮大，色泽青褐油润；内质香气高浓馥郁，多带花香果香，滋味醇厚甘润爽口，经久耐泡，汤色橙黄或橙红色，叶底带红色。

乌龙茶之相

乌龙茶外形较壮大，色泽青褐油润。福建产的乌龙茶，闽南的多为球形，闽北的多为条形；广东乌龙茶为条形；台湾乌龙茶既有条形也有球形。

茶汤色泽

乌龙茶因产地和品种不同，茶汤色泽从明亮到浅黄、明黄到非常漂亮的橙黄色、橙红色。干茶色越绿，发酵程度越轻，茶汤色越浅；反之，干茶色越褐绿、褐红，茶汤色越深。

乌龙茶的香气

乌龙茶内质香气高浓馥郁，多带花香果香；滋味醇厚甘润滑口，经久耐泡，既有绿茶的清香，又有红茶的醇香。

茶叶故事：铁观音传说

铁观音原产安溪县西坪乡，已有200多年的历史。关于铁观音品种的由来，在安溪还流传着这样的历史传说：在福建安溪县西坪乡的上尧松林头，有一个茶农叫魏荫，家里供奉着一尊观士音菩萨，每天早晚都要冲泡三杯清茶礼敬座前，十分诚心。有一天晚上，魏荫梦见观音金身出现在屋后的山崖上，他双手合十向山崖跪拜，就在那崖石中间发现了一株奇异的茶树，散发出兰花香味。魏荫正想上前探个究竟，却被狗吠声惊醒了。第二天清早他就扛着锄头上山，果然在石崖缝中有一株破土而出的茶树，与梦中相似。他顺手摘了几十片茶叶回家烘制，冲泡之后有股奇香，喝了喉底回甘，精神大振。魏荫如获至宝，于是天天上山浇灌，精心培护，又将小茶树移到家中，分种在几口破铁锅里。他适时采制，果然品质特好，用以招待客人，个个赞不绝口。一天，一位私塾老师问他这是何种名茶。魏荫如实上告，这位老师觉得它貌似观音重如铁，就称它为“铁观音”。

铁观音茶的采制也采用“开面采”，即在茶叶叶片已全部展开，形成驻芽时采摘。采来的鲜叶力求新鲜完整，然后进行

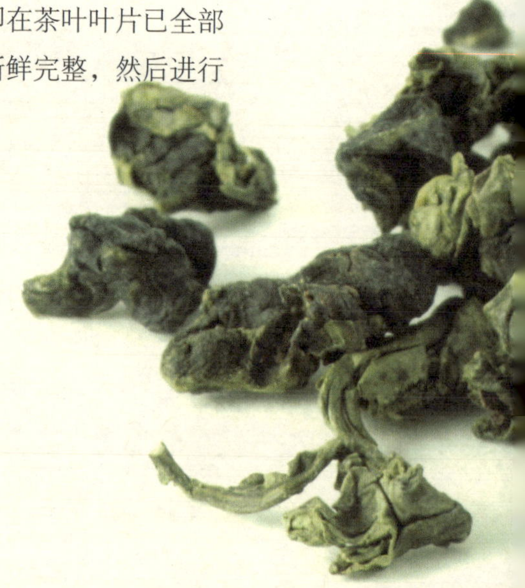

凉青、晒青和摇青（做青），直到自然花香释放，香气浓郁时进行炒青、揉捻和包揉（用棉布包茶滚揉），使茶叶卷缩成颗粒后进行文火焙干。制成毛茶后，再经筛分、风选、拣剔、匀堆、包装制成商品茶。

铁观音是乌龙茶的极品，其茶索卷曲，肥壮圆结，沉重匀整，色泽砂绿，整体形状似蜻蜓头、螺旋体、青蛙腿。冲泡后汤色金黄浓艳似琥珀，有天然馥郁的兰花香，滋味醇厚甘鲜，回甘悠久，俗称有“音韵”。铁观音茶香高而持久，可谓“七泡有余香”。

茶博士

一碗清茶，香气悠长，它可以使人疲倦顿失，精神振奋；可以让脑力工作者提神醒脑。茶可以使某些疾病得到很好的改善，增强人的免疫力。

现代科学证明，茶叶中含有脂肪、蛋白质、咖啡碱、茶多酚、十多种维生素等350多种物质，营养十分丰富，并能调节生理机能，具有非常好的药用与保健功能。

生物碱占茶叶有效成分含量的3%~5%，它包括茶碱、咖啡碱、可可碱、氨茶碱等。咖啡碱含量最多，极易溶于水，当沸水冲泡出茶汤时，茶汤中的咖啡碱含量约占茶中含量的80%，如果一个人每天饮茶4~5杯，体内就可以吸收0.3克的咖啡碱。咖啡碱能让中枢神经兴奋，促进细胞的新陈代谢，增进体内血液循环，减轻疲倦感。同时增强大脑的思维活动，提高对于客观事物的感受力，并且有效地增强心脏、肾脏的生理机能。

茶中含有的其他成分能与咖啡碱共同发生作用。一个人在饮茶时获取的咖啡碱总量，要比只服咖啡碱效果缓和，咖啡碱以及代谢物在人体内不会长久积存，而是进一步氧化，以甲尿酸形式排出体外，消除了人们单纯服用纯咖啡碱引起的副作用。

总之，饮茶能提神，活跃思维，对人体造血功能、维持甲状腺机能起到非常好的作用。

好茶还要好杯搭

茶叶种类	选配的杯子
绿　茶	透明玻璃杯，应无色、无花、无盖， 或用白瓷、青瓷、青花瓷无盖杯
花　茶	青瓷、青花瓷等盖碗、盖杯、壶杯具
黄　茶	奶白或黄釉瓷及黄橙色壶杯具、盖碗、盖杯
红　茶	内挂白釉紫砂、白瓷、红釉瓷、暖色瓷的壶杯具、盖杯、盖碗或咖啡壶具
白　茶	白瓷或黄泥炻器壶杯具及内壁有色黑瓷
乌龙茶	紫砂壶杯具，或白瓷壶杯具、盖碗、盖杯， 也可用灰褐系列炻器壶杯具

05陳香餅

◎能喝的古董——黑茶

◎白骨精的至爱——花茶

能喝的古董——黑茶

黑茶在我国生产历史十分悠久，主要产于湖南、湖北、四川、云南、广西等地。人们最熟悉的黑茶是普洱茶，普洱茶的历史整个都是保健的历史，包括发现茶的时候它是被当做药来使用的，在西藏的边销茶也是解青稞之毒、牛羊之腻。到了清代，茶的盛行也是因为茶的保健作用。

普洱茶：皇室成员的标志

末代皇帝溥仪曾对作家老舍说过，“普洱茶是皇室成员的宠物，拥有普洱茶是皇室成员的显贵标志”，他还说，皇室成员的饮茶习惯一般是“夏喝龙井，冬饮普洱”。普洱竟然成为皇室成员的标志，它究竟有什么魔力呢？

普洱茶产于云南西双版纳等地，因自古以来即在普洱集散，故而得名。“普洱”为哈尼语，“普”为寨，“洱”为水湾，意为“水湾寨”，含有“家园”的意思。

普洱茶的历史可以追溯到东汉时期，距今已达2000年之久。民间有“武侯遗种”（武侯是指三国时期的丞相诸葛亮）的说法。在唐代，普洱茶已名重天下，宋、明时期，普洱茶的地位得到了稳固发展和加强，明朝时期以普洱为中心向外辐射五条贸易通道，将普洱茶行销至中国本土、越南、缅甸、泰国等地，并转运到东南亚，甚至欧洲。极盛时期是在清朝，《普洱府志》记载：“普洱所属六大茶山……周八百里，入山作茶者十余万人。”可知当时盛况。

在清朝，普洱茶由民间进贡之物，变为朝廷钦点必贡之物。清政府开始加强对茶山的管理，对贡茶的采摘、制作、花色品种、数量都制定了严格的管理制度和措施。雍正七年（1729年），云南总督鄂尔泰在云南少数民族地区推行改土归流政策。在普洱府设普洱府治，在六大茶山之首的攸乐，设攸乐同知，驻军五百防守茶山。

普洱茶深得清朝皇室青睐，究其原因，在于深山老林原始大茶树的大叶种茶，具有茶味特别浓厚的特殊品质，帮助消化的功效最强，并有治疗、保健的作用。普洱茶的特性，明、清时代人士早有体验，并有多种文字记载，明末学者方以智认为“普洱茶蒸之成团，最能化物”；清人赵学敏《本草纲目拾遗》以药性观点记载说，普洱茶“消食化痰，清胃生津，功力尤大”。

众所周知，清朝满族祖先本是中国东北地区的游牧民族，以肉食为主，

进入北京成为帝王统治者后，养尊处优，锦衣玉食，需要一种消化功效大的茶叶饮料，而普洱茶正具这种特性。于是普洱茶、女儿茶、普洱茶膏，深得帝王、后妃、吃皇粮的贵族们的赏识，宫中以饮普洱茶为时尚，有的用于泡饮，有的用于熬煮奶茶，尤其每年冬季北方气候干燥，须多饮普洱茶。

曹雪芹在《红楼梦》的第63回“寿怡红群芳开夜宴”中写贾宝玉喝普洱茶助消化的情景。慈禧太后也爱喝普洱茶，尤其是冬季，吃完油腻食物后，就图它又暖又能解油腻。所以当时有“普（洱）茶名重天下”之说和“普洱茶名遍天下，味最酽，京师尤重之”的记载。

茶马古道上的精灵

在横断山脉的高山峡谷，在滇、川、藏“大三角”地带的丛林草莽之中，绵延盘旋着一条神秘的古道，这就是从唐代绵延到现在的“茶马古道”， 它堪与著名的“丝绸之路”相媲美，在云南与西藏、印度及东南亚各国之间逐渐形成了一条以马帮驮运茶叶的通道。

茶马古道起源于唐宋时期的“茶马互市”。因康藏属高寒地区，海拔都在三四千米以上，糌粑、奶类、酥油、牛羊肉是藏民的主食。在高寒地区，需要摄入含热量高的脂肪，但没有蔬菜，糌粑又燥热，过多的脂肪在人体内不易分解，而茶叶既能够分解脂肪，又防止燥热，所以藏民在长期的生活中，形成了喝酥油茶的高原生活习惯，但藏区不产茶。而在内地，民间役使和军队征战都需要大量的骡马，但供不应求，藏区和川、滇边地则产良马。于是，具有互补性的茶和马的交易即“茶马互市”便应运而生。这样，藏区和川、滇边地出产的骡马、毛皮、药材等和川滇及内地出产的茶叶（注意，这时不是普洱茶）、布匹、盐和日用器皿等，在横断山区的高山深谷间南来北往，流动不息，并随着社会经济的发展而日趋繁荣，形成一条延续至今的“茶马古道”。

在普洱辖区（今思茅地区、西双版纳州）思茅厅之古六大茶山，即江内的攸乐、革登、倚邦、莽枝、蛮砖、曼撒等地，以晒青毛茶为原料，经传统加工工艺生产、加工成散茶，蒸压成紧茶用笋叶和竹箩包装，由马帮经茶马古道运往内地、西藏

和东南亚诸国。马帮驮出去的是晒青毛茶，在捆绑茶包前，要用清水回软茶叶，防止破碎。由于沿路有较高的水分、河谷的干热和高山的凉爽，茶叶在运输途中继续氧化，最终变成醇香润口的普洱茶。这就是普洱茶产生的原因。有关普洱茶的传说也有类似的说法：茶商在运茶过程中遇到雨季、高温，最后茶饼变色，原本绿中泛白的青茶饼变成褐色。这就是氧化的过程。所以，普洱茶实际上是在茶马古道上诞生的，它就是茶马古道上的精灵。

五条茶马古道主要路线

北道——由普洱经昆明中转内地各省、北京，称为“官茶大道”。

北西道——由普洱经大理、丽江、中甸进入西藏，由拉萨中转尼泊尔、印度等国。

南道——由普洱、思茅分为三线，即东出越南，南出老挝，西南出缅、泰。

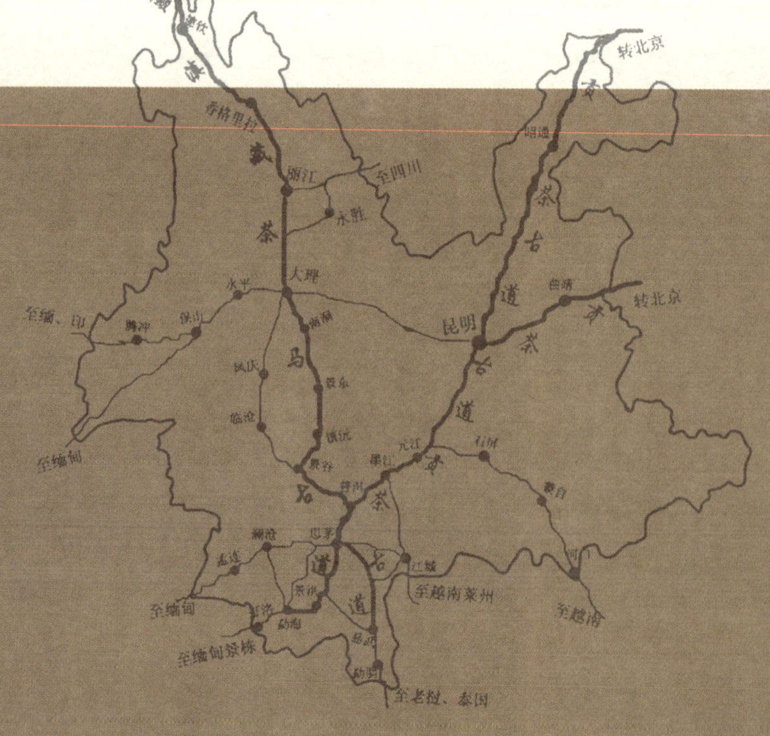

现代人的生命里开始充满普洱茶

普洱茶含有丰富的生物碱、茶多酚、维生素、氨基酸、芳香类物质等。因普洱茶特殊的制茶工艺，茶叶中对人体有益的茶多酚、咖啡碱等特质充分氧化，形成了独特的风味而具有药理保健功能。

在饮用发酵的熟茶时，起活性作用的重要成分是茶红素、茶黄素、茶褐素和没食子酸、维生素C等。发酵熟制的普洱茶由于加工过程中微生物的作用，大分子多糖类物质的转化形成了大量新的可溶性单糖和寡糖，加工中期维生素C成倍增加，这些物质对提高人体免疫系统功能发挥着重要的作用，也是普洱茶在养生健体、延年益寿功效等方面优于其他茶类的独特之处。

含有丰富有益菌群的发酵熟普洱茶，在进入人体后不会对胃产生刺激作用，而且黏稠、甘滑、醇厚的普洱茶进入人体肠胃形成的膜附着胃的表层，对胃产生有益的保护层。现代人普遍生活紧张、压力较大，因此造成

肠胃不调，气血偏虚，长期饮用普洱茶可以起到护胃、养胃的作用。

普洱茶可以减肥、降脂，这主要来自两个方面的因素：一是由茶多酚、叶绿素、维生素C等多种有效成分综合作用（云南茶产区大茶树的茶多酚含量均达到30%~34%，儿茶素总量达到18%~24%，且其耐泡，茶浸出物达46%~50%）。二是发酵过程形成的多种有益菌群综合作用（菌群作用可以减少小肠对甘油三脂和糖的吸收、提高酵素分解腰腹部脂肪）。

发酵过程使普洱茶中所含的黄酮类物质以黄酮苷形式存在，黄酮苷具有维生素P的作用，是防止人体血管硬化的重要物质。

普洱茶在发酵过程中，多酚类物质会发生氧化、降解和聚合。存放两年左右的散普洱茶茶多酚含量可减至9%左右。而在氧化、降解和聚合过程中，其所产生的络合产物是抗癌和防癌的主要成分，如“B组化学成分”。

黑茶品鉴

黑茶的起源由于加工方法的不同分为两种：一种是指绿毛茶堆积后发酵，渥成黑色，转变成黑茶的制法，这起源于11世纪前后，当时四川绿茶运往西北边销，由于交通不便，运输困难，必须压缩体积，蒸制为边销团块茶，便于长时远运。在绿毛茶蒸制为团茶的过程中，产品进行渥堆，在渥堆的过程中有了变色的认识，发现了新的茶类制法。

另一种是指鲜叶经过杀青、揉捻之后进行较长时间的堆积，使叶色变为油黑，而后烘干成为黑茶的制法。这种制法起源于16世纪初，在明朝的湖南安化。现在，黑茶的产区分布在湖南、湖北、广西、四川、云南等省。采用的鲜叶原料一般都较为粗老，加工工艺为杀青、揉捻、渥堆、干燥或杀青、揉捻、初干、渥堆、干燥。其总的品质特征为：干茶色泽黑褐，汤色橙黄或橙红，香气纯，味不涩，叶底黄褐粗大。

此茶主要供一些少数民族饮用，藏族、蒙古族和维吾尔族群众喜好饮黑茶，是日常生活中的必需品。在加工工艺上，黑茶也有自己独特的工艺。黑茶产区广阔，品种花色很多，有湖南黑茶加工的黑砖、花砖、茯砖，湖北老青茶加工的青砖茶，广西六堡茶，四川的西路边茶，云南的紧茶、扁茶、方茶和圆茶等。

喝普洱茶的技巧

品评普洱茶应注意三个问题：一是合理利用舌头；二是把握好茶汤的“评味温度”；三是评茶前不吃刺激性食物。

品评普洱茶一般以50℃左右较适合评味。茶汤太烫，味觉受高温刺激而麻木，影响正常评味；茶汤温度过低，也影响茶汤的滋味。

怎样看叶底

浸泡后的茶叶（叶底），能真实反映茶叶的品质。

评定叶底一是靠嗅觉辨别香气，二是靠眼睛判别叶底的老嫩、匀整度、色泽和开展与否，同时还观察有无其他杂物掺入。

其方法是将冲泡过的茶叶倒入专用的叶底盘（也可以是杯盖等平面物体）里，倒的时候要注意把细碎的、沾在杯壁、杯底和杯盖的茶叶倒干净，注意拌匀、铺开、揿平，观察茶叶的老嫩程度、是否均匀整齐、色泽状况、揿按叶底感觉茶叶的软硬等。

怎样看生茶汤色

普洱生茶常见汤色

绿艳：翠绿而微黄，清澈鲜艳，浅绿鲜亮的茶汤。春茶常见汤色。这类茶品，随着生茶不断陈化，茶汤绿艳消失，逐渐演变为杏黄明亮的汤色。

黄绿：是绿中微黄的汤色，是中高档晒青毛茶的汤色。黄绿色的茶汤，多出现在春茶中，加工时揉捻，干燥及时才能有这种汤色。

绿黄：绿少黄多的汤色，类似浅黄色。清明至谷雨期间的晒青毛茶

常显此汤色，常伴有“青草气”或“水闷味”。

浅黄：汤色黄而浅，又称“淡黄色”，是物质欠丰富的低档晒青毛茶的汤色。

橙黄：茶汤黄中微带红色，似橙色或橘黄色。新茶有这种汤色多为茶青鲜叶裂变、杀青温度偏低的表现，常伴有“红茶香”或“生涩气”。藏期在3~5年的老生茶即显此汤色，但亮度高。

深黄：汤色暗黄，深而无光。新茶有此汤色多为几天的茶青合并加工或揉捻叶长时间得不到干燥所致。老生茶亦有这种汤色，但老茶黄汤

者，亮度一定很好。

红汤：老茶显出红汤，必是晶莹剔透的，属不可多得的好茶。

怎样看熟茶汤色

普洱茶汤色

红艳：汤红艳、欠亮。是熟茶发酵程度较轻的表现。观察叶底，多呈暗红透青绿，滋味往往较苦涩。

红亮：茶叶汤色不甚浓，红而透明有光泽，称“红亮”；光泽微弱的，称“红明”。观察叶底，多呈暗红微黄，滋味较“酽”。

红浓：汤色红而暗，略呈黑色，欠亮。观察叶底，多呈红褐柔软，滋味较醇和。

红褐：汤色红浓，红中透紫黑，匀而亮，有鲜活感。观察叶底，多呈褐色欠柔软，滋味较醇和。

褐色：茶汤黑中透紫，红而亮，有鲜活感。观察叶底，色多呈暗褐而硬，滋味较醇和。

黑褐：茶汤呈暗黑色，有鲜活感。观察叶底，色多呈黑褐质硬，滋味较醇和。

黄白：茶汤微黄，几乎接近无色。观察叶底，色黑而硬脆似“炭条”，滋味平淡，是发酵过度，已经“烧心”的普洱茶。

绝顶黑茶

普洱茶：能喝的古董

产地：普洱茶历史十分悠久，早在唐代就有普洱茶的贸易了。普洱茶产于云南省，云南普洱茶主要出于“六大茶山”，目前广东也有少量生产。

品质特征：普洱茶外形条索粗壮肥大，色泽乌润或褐红（俗称“猪肝色”），滋味醇厚回甘，并具有独特的陈香（陈香是评茶术语，意思是茶叶长时间储存，香气陈醇，无霉气）。一般把三年以上的普洱茶，称陈年或旧年普洱。通常茶叶都是以新为贵，可普洱却相反，忌新喜陈。只要妥善保管，时间越长就越珍贵。

湖南黑毛茶：泥鳅

产地：湖南省安化、益阳、桃江、宁乡、汉寿等县。湖南黑毛茶始于明朝。

品质特征：湖南黑毛茶外形条索卷折成泥鳅状，色泽油黑，汤色橙黄，叶底黄褐，香味醇厚，具有松木烟香。产品分一至四级，经精制后压制成天尖、贡尖、生尖和花砖、黑砖和茯砖，其中天、贡、生尖为黑茶中的上品。

以普洱茶为例看黑茶的泡法

赏茶

在水开之前，可以先欣赏普洱茶的干茶。

温杯

温烫瓷杯、公道杯和品茗杯，以免温度不均匀。

投茶

把普洱茶放入瓷杯中。

润茶

将水倒进瓷杯中，注满润茶，目的是唤醒普洱茶的茶性，然后快速将润茶的水倒掉，再加入热水。

出汤

把茶汤通过茶网倒入公道杯中。

分茶

将公道杯中的茶汤分到品茗杯中。

泡茶不外行

普洱茶应该先温润泡，以唤醒茶性，帮助茶叶舒展开，还可以去除杂味，洗净茶叶。

茶叶故事：普洱茶传说

清朝乾隆年间，普洱城内有一大茶庄，庄主姓濮，祖传几代都以制茶售茶为业。濮氏茶叶品质优良稳定，远销西藏、缅甸等地，而且连续几次被指定为朝廷贡品。这一年，又到了岁贡之时，濮氏茶庄的团茶又被普洱府选定为贡品。不巧，濮庄主病倒了，只好让少庄主与普洱府罗千总一起进京纳贡。由于濮少庄主经验不足，这年的春雨又淅淅沥沥，时断时续，平常父亲晒得很干的毛茶，这一次没完全晒干，就急急忙忙压饼、装驮。

当时从普洱到昆明的官道要走十七八天，从昆明到北京足足要走三个多月，当时正逢雨季，天气又炎热，大多数路程都在山间石板路上行走，骡马不能走得太快，经过一百多天的行程，从春天走到夏天，总算在限定的日期前赶到了京城。

濮少庄主一行人在京城的悦来客栈，打开箬包裹一看，糟了，茶饼变色了，原本绿中泛白的青茶饼变成褐色的了。他连忙打开第二驮，也变色了，再打开第三驮、第四驮……结果，所有的茶饼都变色了。濮少庄主一下子瘫坐在地上，贡茶变质这可是欺君大罪呀，但又不能不往宫

廷里送。第二天，送茶人做好了杀头的准备进了宫。可没有想到，这变了色的茶饼竟然得到了皇帝的赏赐。原来，这茶冲泡后，汤色红浓明亮，色泽如红宝石一般，很是抢眼。

从此，普洱茶岁岁入贡清廷，历经两百年而不衰，皇宫中“夏喝龙井，冬饮普洱”也成为了一种时尚和传统。

传统普洱茶是以云南大叶种茶树鲜叶经杀青、揉捻、晒干加工而成的晒青毛茶为原料，蒸压成型的各种紧压茶，或以大叶种晒青毛茶为原料，经后发酵工艺加工成的各种普洱紧茶和普洱散茶。普洱茶外形条索粗壮肥大完整，色泽褐红；汤色栗红明亮，散发独特陈香，叶底褐红色，滋味醇厚回甜。

白骨精的至爱——花茶

随着女性权威的登场，现代社会越来越重视花茶。花茶不含咖啡因、低单宁与低卡路里的优点，不但让对咖啡因过敏的人多了一个健康选择，也让它成为想要减重的女性的最爱。

目前流行的保健花茶的时尚让众多现代女性推崇备至。其“活血养颜，滋肝益肾”的功效，实际上也是中医推崇的饮食疗法。加上花茶味、形、口感、喝法均美不胜收，当然令许多时尚女性趋之若鹜。

把鲜花吃在脸上

花茶又称熏花茶、香花茶，是我国独有茶叶品类。由精制茶坯与具有香气的鲜花拌和，通过一定的加工方法，促使茶叶吸附鲜花的芬芳香气而成。花茶的历史悠久，宋代蔡襄《茶录》提到加香料茶，“茶有真香，而入贡者微以龙脑和膏，欲助其香”。南宋已有茉莉花焙茶的记载，施岳《步月·茉莉》词注：“茉莉岭表所产……古人用此花焙茶。”到了明代，窨花制茶技术日益完善，且可用于制茶的花品种繁多，据《茶谱》记载，有桂花、茉莉、玫瑰、蔷薇、兰蕙、橘花、栀子、木香、梅花九种之多。现代窨制花茶，除了上述花种外，还有白兰、玳瑁、珠兰等。

从古至今，女人追求美丽的脚步从未停歇，而只有身体健康，才能精力充沛、肌肤靓丽，才能神采飞扬。现代女性对饮食有了更高的要求，对新东西的体验既讲求时尚又要美颜。因为她们一方面有忙碌的工作，另一方面下班后的家务事又往往让她们身心疲惫。现今流行的保健花茶具有“活血养颜，滋肝益肾”的功效，这实际上也是中医推崇的饮食疗法。加上花茶味、形、口感、喝法均美不胜收，当然令许多时尚女性趋之若鹜。

在我国，适合泡饮的花卉品种有三四十种，保健养颜功能好的热销品种主要有红玫瑰、甘菊花、百合花、金银花、芍药花等。鲜花的泡制过程和所使用的器皿没有传统茶叶的泡制过程烦琐讲究。通常，只需要备上一个晶莹透明的玻璃器皿，将花茶放进去，用沸水冲开，稍候片刻，一股花香便伴随着袅袅升起的水汽洋溢开来，在空气中荡漾，不由得让人心旷神怡。

花茶是一种天然饮品，含有丰富的维生素，而且不含咖啡因与人造色素。花茶不但可以解渴，而且不同的花茶具有不同的功效。

大部分的花茶如玫瑰、薰衣草、洋甘菊和薄荷等都具有养颜、抗衰老及滋润肌肤的美容功效，含丰富维生素C的粉红玫瑰花茶更加值得推荐。粉红玫瑰花茶选用最佳品质的粉红玫瑰，能够促进身体的新陈代谢，调节内分泌，使肌肤紧致和美白。

除了美容功效外，花茶对于舒缓压力、镇静神经等更加有效。洋甘菊花茶具有松弛神经、安抚心神、消除噩梦以及舒缓头痛等主要功效。饭后喝一杯洋甘菊花茶可以帮助消化，而睡前喝则可促进睡眠。将洋甘菊和粉红玫瑰花茶混合饮用美颜功效更胜一筹，并且具有抗皮肤敏感的作用，是许多爱美女士的不二之选。

喝她个肤如凝脂

玫瑰花茶是采用玫瑰花与茶叶混合窨制而成的一种花茶品种。玫瑰花茶不仅花形美观，而且香气馥郁芬芳，十分适合用来窨制花茶。在我国，用玫瑰花窨制花茶的历史由来已久，早在我国明代钱椿年编、顾元庆校的《茶谱》中就对其有详细的记载。

玫瑰花茶色泽乌润，显花片，内质有浓郁的玫瑰花香，滋味浓醇馥郁，汤色红亮，叶底嫩黄。香气优雅迷人，入口甘柔不腻，能令人缓和情绪、纾解抑郁，很适合上班一族。当你在工作或生活中遇到了烦心的事情，不妨坐下来泡上一杯玫瑰花茶，它可以安抚你的情绪。最重要的是玫瑰花茶的养颜美容功效，常饮玫瑰花茶可去除皮肤上的黑斑，令皮肤嫩白自然。

玫瑰花茶可以用80℃的热水来冲泡，可以单独泡，一次放6朵左右就可以，泡一会就能喝了，喝到杯子里还剩下1/3的水，再往里添加热水，可以反复冲泡，在泡到水温降到60℃左右就可以添加蜂蜜、冰糖、红枣，也可以配着桂圆、山楂干、葡萄干一起冲泡。还有一种泡法就是菊花加玫瑰花，口感和养颜效果都很好，常喝会使面色红润。

喝她个山清水秀

桂花除了有“八月桂花遍地香，独占三秋压众芳”这样的诗句，更有《八月桂花遍地开》等优美动听的歌曲，一代代地向人们传递着桂花的香韵。喝桂花茶，更是一种淡雅而宁静的身心放松。桂花除富于寓意和用作观赏以外，还是窨制花茶的上等原料。茶叶用鲜桂花窨制后，既不失茶的原味，又带浓郁桂花香气，饮后有通气和胃的作用，很适合于胃功能较弱的老年人饮用。

桂花茶以广西桂林、湖北咸宁、四川成都、重庆等地产制最盛。广西桂林的桂花烘青、福建安溪的桂花乌龙、四川北碚的桂花红茶均以桂花的馥郁芬芳衬托茶的醇厚滋味而别具一格。

桂花茶具有美白肌肤、排解体内毒素、止咳化痰、养生润肺的作用。在秋冬季节，桂花茶可以帮助你降降体内的火气，春夏季节则可以当做冰镇饮料，既清凉消暑，还能增加食欲。

桂花茶通常分三种：桂花烘青、桂花乌龙和桂花红碎茶。

桂花烘青是桂花茶中的大宗品种，以广西桂林、湖北咸宁产量最大，并有部分外销日本、东南亚。主要品质特征是，外形条索紧细匀整，色泽墨绿油润，花如叶里藏金，色泽金黄，香气浓郁持久，汤色绿黄明亮，滋味醇香适口，叶底嫩黄明亮。

桂花乌龙是“铁观音”故乡福建安溪茶厂的传统出口产品，主销我国港、澳地区，以及东南亚和西欧。主要以当年或隔年夏、秋茶为原料。品质特征是，条索粗壮重实，色泽褐润，香气高雅隽永，滋味醇厚回甘，汤色橙黄明亮，叶底深褐柔软。

桂花红碎茶是以天然桂花窨制红碎茶添香代替人工加香的红茶。主要品质特征是，外形颗粒紧细匀整，色泽乌润，香味浓郁，甜爽适口，汤色红亮，叶底红匀；加工成袋泡茶香韵尤为细腻悠长，久久不散。

喝她个心平气和

茉莉花茶是用经加工干燥的茶叶，与含苞待放的茉莉鲜花混合窨制而成的再加工茶，其色、香、味、形与茶坯的种类、质量及鲜花的品质有密切的关系。大宗茉莉花茶以烘青绿茶为主要原料，统称茉莉烘青，共同的特点是，条索紧细匀整，色泽黑褐油润，香气鲜灵持久，滋味醇厚鲜爽，汤色黄绿明亮，叶底嫩匀柔软。茉莉花在加工的过程中其内质发生一定的理化作用，如茶叶中的多酚类物质、茶单宁在水湿条件下分解，不溶于水的蛋白质降解成氨基酸，能减弱喝绿茶时的涩感，功能有所变化，其滋味鲜浓醇厚、更易上口。常饮茉莉花茶，有清肝明目、生津止渴、祛痰治痢、通便利水、祛风解表、坚齿、益气力、降血压、强心、防龋、防辐射损伤、抗癌、抗衰老之功效，使人延年益寿、身心健康。

茉莉花茶既是香味芬芳的饮料，又是高雅的艺术品，茉莉鲜花洁白高贵，香气清幽，具有镇静作用，能使人提高工作效率。所以，当你心烦意躁之时，不妨沏一杯茉莉花茶，久久观望那芳香弥漫的袅袅茶雾，然后细细品茗，那骚动不安的心就会归于宁静。

茉莉花茶的品种主要有茉莉大白毫、天山银毫、茉莉苏萌毫等。

茉莉大白毫是采用福鼎大白茶等良种早春嫩芽特制成坯，并以双瓣茉莉交叉重窨。清工巧制，“七窨一提”而成，产品

外形毫芽肥壮重实，紧直匀称，色泽嫩黄，满披银毫，内质香气鲜浓，滋味浓醇，汤色微黄，叶底匀亮。

天山银毫是选用高级天山烘青绿茶与“三伏”优质茉莉，按传统工艺窨制而成。茶形紧秀匀齐，白毫显露，色泽嫩绿，水色透明，香气显灵浓厚，叶底肥嫩柔软。

茉莉苏萌毫采用高档烘青绿茶和优质茉莉经“六窨一提”，精工窨制而成。以香气鲜灵，滋味醇厚鲜爽而深受消费者喜爱。品质特征是，外形条索紧细匀直，色泽绿润显毫，香气鲜灵持久，汤色黄绿明亮，滋味醇厚鲜爽，叶底嫩黄柔软。

喝她个身轻如燕

代代花茶是我国花茶家族中的一枝新秀，由于其香高味醇的品质和代代花开胃通气的药理作用，因而深受国内消费者欢迎，被誉为“花茶小姐”。代代花茶一般用中档茶窨制，头年必须备好足够的茶坯，贮于干燥、冷凉的环境中，让其绿茶风格保持如常，尤忌霉变。窨制前应烘好素坯，使陈味挥发，茶香透出从而有利代代花茶香气的发展。

代代花茶可镇定心情，解除紧张不安，此外，也有助于缓和压力所致的腹泻，能清血、促进循环，还有减脂瘦身的效果。

代代花茶香气温厚，味道与陈皮一样，泡成茶喝时，会感觉到嘴里充满着花朵和水果的芳香，略带一点苦味，不妨在睡前饮用，可放少量搭配菩提及柠檬草以放松心情。其种类按产地可分金华、苏州、福州代代花茶。

金华代代花茶产于浙江金华。外形条索尚紧略扁稍松，含有圆头块，色泽深绿；内质汤色尚黄，香气尚鲜较浓，滋味醇正平和，叶底黄绿欠明亮稍有摊张。

苏州代代花茶产于江苏，已有250余年的历史。外形条索细匀有锋苗；内质香气鲜爽浓烈，滋味浓醇，汤色黄明，叶底黄绿明亮。理化指标：含水量不大于9.5%，水浸出物不小于36%。具有理气、宽胸、开胃及防治胸脘胀闷、恶心、食欲不振等功效。

福州代代花茶产于福建福州，明朝朱权所著的《茶谱》中有记载。其花香气浓郁，滋味醇厚。代代花含柠檬烯、芳樟醇、牛儿醇、芳香醇等，有疏肝、和胃、理气等功效。

花茶品鉴

花茶又称熏花茶，是再加工茶的一种，指用茶坯和香花进行拼和窨制，使茶叶充分吸收花香而制成的香茶。

花茶的种类

用于窨制花茶的鲜花一般有茉莉花、白兰花、珠兰花、代代花、柚子花、桂花、玫瑰花、米兰花、树兰花等。花茶的品种特征是，芬芳的花香加上醇和的茶味。

茶汤色泽

窨制花茶的茶汤颜色取决于茶坯的品种，如茉莉花茶的茶汤就是绿茶的茶色，桂花乌龙茶就是乌龙茶茶汤的颜色，玫瑰红茶就是红茶茶汤的颜色。造型花茶茶色就是绿茶的颜色。花草茶呈现的色彩比较多，有的是干花本身的颜色（如洛神花），有的汤色和花色不同（如玫瑰花，“茶”色呈浅绿色）。

花茶的香气

窨制花茶与干花混合冲泡的花茶茶汤是混合的香花香气和滋味。造型花茶基本是绿茶本身的滋味。花茶是花的香气和滋味，很淡雅。

非茶之茶：汉方养生茶

茶叶最初是作为药物来使用的，后来才逐渐发展成为一种饮料。在充分认识茶的药用功效后，一些人又在茶叶的基础上拓展到养生茶，称为药茶，它是一种保健饮品，讲究在日常的点滴滋养中达到强健身体的目的。

最早的养生茶

我国制作养生茶历史悠久，据史料记载，西汉以前，就有茶饼冲泡加入葱、姜、橘皮配料的喝法，喝了这种茶可醒酒提神。这可能是关于养生茶起源的最早记载。养生茶蕴涵着中医的理念。现在，市场上常见的药用保健茶有降糖茶、减肥茶、降脂茶、枸杞茶、降压茶等。这里为大家介绍几种自制养生茶。

降压茶

材料：松萝3克，杭菊花10克，龙井茶叶3克。

做法：将松萝切碎，与菊花、茶叶同放入陶瓷茶杯中，用沸水泡饮。注意应选择花朵完整、气味清香、颜色鲜艳的菊花为宜。

功效：该茶味甘凉微苦，清香四溢，连续服用有清肝明目、散热降压等作用。适合高血压、头痛、眼结膜炎等慢性病的保健治疗。

降糖茶

材料：枸杞10克，淮山药9克，天花粉9克。

做法：将淮山药、天花粉研碎，连同枸杞一起放入陶瓷器皿中，加水用文火煎煮10分钟左右，代茶连续温饮。

功效：该茶茶汁橙红，入口甘甜爽口，其功效在于滋补肝肾、益气生津，有降低血糖、促进肝细胞新生的作用。适合糖尿病、肝肾功能欠佳等慢性病患者服用。

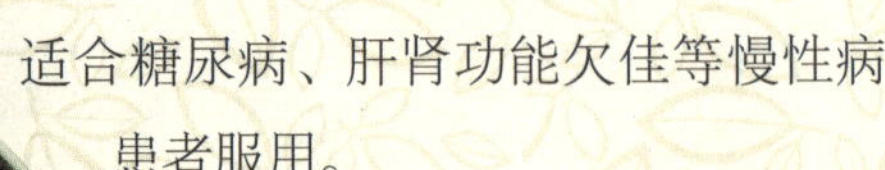

降脂茶

材料：新鲜山楂30~50克，槐花6克，茯苓10克。

做法：将新鲜山楂洗净去核捣烂，连同茯苓放入沙锅中，煮沸10分钟左右滤去渣，再用此汁泡槐花，加糖少许，频频温服。

功效：此茶酸甜可口，开胃助消化，可降低血中胆固醇，舒张血管，预防中风，但胃酸过多、平素脾胃虚弱者应慎用。

消肿茶

材料：白茅根10克，玉米须20克，川扑花2克。

做法：将以上三味剪碎，沸水冲泡，代茶连续饮用。

功效：此茶清凉甘淡，气味清香，具有利尿消肿、行气消胀之功效，并有利胆、降血压等作用。

清咽茶

材料：干柿饼10~15克（勿洗），罗汉果10克（或1枚），胖大海1枚。

做法：将柿饼放入小茶杯内盖紧，隔水蒸15分钟后切片备用。罗汉果洗净捣烂，与胖大海、柿饼同放入陶瓷茶杯，沸水冲入，盖5分钟后饮用或含服。

功效：清咽茶味甘甜微苦，滋润爽口，有清咽止痛、止咳消肿之功效，咽喉炎、喉痛喑哑、咳嗽、便秘等症可选用。其中柿饼上的一层白色结晶，俗称“柿霜”，有良好的凉血、清热、利咽作用，有慢性咽炎的人常服很有良效。

养肤茶

材料：柿叶10克，薏苡15克，紫草10克。

做法：将这三味药放入陶瓷器皿中，加水用文火煎煮15~20分钟，滤去渣，加入少许白糖，连续饮服。

功效：养肤茶甘平清香，微有苦涩味，具有健脾渗湿、清热润肤等功效。常服可增加血管弹性，减少面部皱纹。适合扁平疣、面部紫癜等慢性皮肤病患者的保健美容。

菊花山楂茶

材料：菊花15克，生山楂20克。

做法：水煎或开水冲泡10分钟即可。每日1剂，代茶饮用。

功效：健脾，消食，清热，降脂。适用于冠心病、高血压、高脂血症、肥胖。

枸杞决明子茶

材料：枸杞10克，菊花3克，决明子20克。

做法：将枸杞、菊花、决明子同时放入较大的有盖杯中，用沸水冲泡，加盖，闷15分钟后可开始饮用。频频饮用，一般可冲泡3~5次。

功效：清肝泻火，养阴明目，降压降脂。

茶博士

茶的用量

泡好一壶茶，首先要掌握茶叶用量。每次茶叶用多少主要根据茶叶种类、茶具大小以及个人的喜欢而定，并没有统一的标准。

茶叶种类繁多，茶类不同，用量也不同。如果冲泡一般红、绿茶，茶与水的比例大概为1:50，即每杯放3克左右的干茶，倒入150~500毫升的沸水。如果饮用普洱茶，每杯放5~10克干茶，如果用茶壶，就要按容量大小自行掌握。用茶量最多的是乌龙茶，每次放茶时几乎为茶壶容积的一半，甚至更多。

用茶量的多少也与饮茶者的习惯有关。在西藏、新疆、青海和内蒙古地区，人们以肉食为主，当地又缺少蔬菜，因此茶叶成为必需品。他们通常喜欢饮用浓茶，并在茶中加糖、牛奶或盐。华北和东北广大地区喜欢喝花茶，通常用较大的茶壶泡茶，茶叶用量较少。长江中下游地区的人们主要饮用绿茶或者龙井、毛峰等名优茶，一般用较小的瓷杯或者玻璃杯，每次用茶量也不多。福建、广东、台湾等省的人们喜欢功夫茶，茶具虽小，但是用茶量较多。

泡茶温度

古人对煮茶水温十分讲究，《茶经》中认为，如果水沸腾过久，开过

了头，是“水老”，这种水中的二氧化碳挥发较多，会使茶味的鲜爽大打折扣。而没有沸腾的水，没有完全烧开，是“水嫩”，不会让茶中的有效成分完全析出，香味低。这两种水都不适宜煮茶。

现代都采用泡茶法，水温对茶汤色、香、味来说十分重要。不同种类的茶对于水温的要求也不一样。高级绿茶特别是各种芽叶细嫩的绿茶，不能用100℃的沸水冲泡，一般以80℃为宜（指将水烧开后冷却到80℃）。这个温度泡出来的绿茶，茶汤嫩绿明亮，滋味鲜爽，茶叶中所含的维生素C破坏较少。泡饮各种花茶、红茶和低档绿茶，则要100℃的沸水冲泡，如果水温低，茶中有效成分析出较少，影响茶味。泡饮乌龙茶、普洱茶，每次用茶量较多，而且茶叶较老，必须用100℃的沸水冲泡。少数民族饮用的砖茶则要在锅中熬煮。

泡茶温度与茶叶中的有效物质在水中的溶解度成正比，水温越高，溶解度越大，茶汤就越浓；反之，水温越低，溶解度越小，茶汤就越淡。

茶的种类	水温	时间
绿　茶	75℃~85℃	30秒~1分钟
红　茶	95℃~100℃	30秒~1分钟
乌龙茶	85℃~95℃	30秒
黄　茶	75℃~80℃	30秒~1分钟
白　茶	75℃~85℃	30秒~1分钟
黑　茶	100℃	1~2分钟

图书在版编目（CIP）数据

茶事典／穆羽编著.—北京：中国画报出版社，2009.12
ISBN 978-7-80220-658-8

I.茶… Ⅱ.穆… Ⅲ.茶－文化－中国 Ⅳ.TS971

中国版本图书馆CIP数据核字（2009）第218756号

编　　著：穆　羽
摄　　影：何　宁　赵　昕
特约编辑：刘　丹　庄丹霞
装帧设计：风　筝

茶事典

出 版 人：田　辉
责任编辑：池　倩
出版发行：中国画报出版社
（中国北京市海淀区车公庄西路33号，邮编：100048）
电　　话：88417359（总编室）、68469781（发行部）
印　　刷：北京国彩印刷有限公司
监　　印：敖　晔
经　　销：新华书店
开　　本：787×1092　1/16
印　　张：12
字　　数：100千字
版　　次：2009年12月第1版第1次印刷
书　　号：ISBN 978-7-80220-658-8
定　　价：29.80元

鸣 谢

北京皇城根书香茗苑文化有限公司 提供拍摄场地

茶艺师郑爱莲、代有琴 友情示范

兴业银行健康医疗增值服务全面升级

兴业银行面向“自然人生”黑金、白金客户在北京、深圳、杭州、温州、台州、上海、南京、苏州、无锡、常州、广州、佛山、东莞、中山、福州、西安、天津、郑州、成都、武汉、重庆、济南、沈阳、宁波、泉州、厦门、太原、大连、青岛、南昌、长沙、合肥、昆明、哈尔滨等34个城市隆重推出2009版健康医疗增值服务。所有“自然人生”黑金、白金客户均可在上述开通服务的城市享受服务，不受地域限制。本项服务是兴业银行免费为贵宾客户提供的，您无须承担费用。贵宾客户在就医过程中发生的第三方费用由客户自行承担。

2009版健康医疗增值服务有效期为：自2009年5月15日至2010年5月14日止。

本行客服热线95561作为2009版健康医疗增值服务的唯一接入渠道，“自然人生”黑金、白金客户无需激活，均通过拨打本行客服热线95561验证身份后即可进行预约并享受该项服务。

具体服务项目如下：

服务项目	白金客户（使用次数）	黑金客户（使用次数）
预约挂号服务	3	5
全程导医服务	3	5
手术住院安排服务	1	2
老人就医陪护服务	–	1
基础体检	1	–
增强型体检（男、女）	–	1
专家电话咨询	不限次	不限次
贵宾休息室服务	不限次	不限次
保健短信	1条/周	5条/周

注：除老人就医陪护服务外，以上服务项目仅供“自然人生”黑金、白金客户本人使用。

原2007－2008版健康医疗贵宾卡服务有效期统一延长至2010年1月31日截止，持有此健康医疗贵宾卡的客户在有效期内均可享用卡内的服务权益，各项目的服务次数根据原健康医疗贵宾卡的设定执行，不随有效期延续而增加。